AF355383

9 789386 872913

بڑے ادیبوں کی بچوں کے لیے کہانیاں

مرتب:
شیخ صدام

عرشیہ پبلی کیشنز، دہلی

نام کتاب	:	بڑے ادیبوں کی بچوں کے لیے کہانیاں
مصنف	:	شیخ صدام
اشاعتِ اوّل	:	۲۰۲۰
سرورق	:	الطمش رشید
کمپیو گرافی	:	شاداب رشید
پتہ (رہائش)	:	۴۱، بیگن واڑی، گوونڈی، ممبئی-43
پبلشرز	:	عرشیہ پبلی کیشنز، دہلی
		کتاب دار، ممبئی

Bade Adeebon ki bacchon ke liye kahaniyan
Compiled By **Shaikh Saddam**

Address   : East of KD RLY 41, Q 1, Baiganwadi, Govandi,
                   Mumbai - 400043
First Edition : 2020

Cover Design : Altamash Rashid
Publishers   : Arshia Publications, Delhi.
                 Kitabdaar, Mumbai.

اُن تمام بڑے ادیبوں کے نام

جنھوں نے بچوں کے لیے لکھنے میں

کبھی شرمندگی محسوس نہیں کی

فہرست

چند باتیں

بچوں کے لیے جب بھی لکھنے کی بات آتی ہے تو عام طور پر لوگ بہت آسان سمجھتے ہیں اور جو قلم کار بچوں کے لیے لکھتے ہیں انھیں بچکانہ ادیب کی نظروں سے دیکھا جاتا ہے۔ عموماً لوگ سمجھتے ہیں بچوں کے لیے لکھنا کوئی مشکل بات نہیں ہے اور بچوں پر لکھنے والے ادیب، بچوں کے لیے کہانیاں، ڈرامے اور ناول لکھ کر کون سا بڑا کام کرتے ہیں؟ یہ تو ہمارے بائیں ہاتھ کا کھیل ہے۔

لیکن معاف کیجیے گا، ایسا کہنے والے آج تک بچوں کے لیے ایک سطر بھی نہیں لکھ سکے اور یہاں تک کہ آج کل وہ خود جو بھی کچھ لکھتے ہیں وہ بھی کسی بچکانہ تحریر سے کم نہیں ہوتی۔

میں یہ دعویٰ اس لیے نہیں کر رہا کہ میں نے بچوں کے لیے بہت لکھا ہے، جی نہیں میں خود ابھی طفل مکتب ہوں۔ لیکن میں نے ایسی کئی کہانیاں پڑھی ہیں جو بڑے بڑے ادیبوں نے بچوں کے لیے لکھی ہیں۔ کیا بچوں کے لیے لکھنے پر وہ ادیب چھوٹے ہو گئے؟ کیا انھوں نے بچوں کے لیے لکھنے کے بعد بڑوں کے لیے کوئی تحریر نہیں لکھی؟ جی نہیں، اگر آپ اس کتاب کا مطالعہ کریں گے تو آپ کو پتا چلے گا کہ کیسے کیسے جید قلم کاروں نے

بچوں کے لیے کیسی کیسی بہترین کہانیاں تخلیق کی ہیں ۔ میں نے تو مختصراً اور چند ناموں کا ہی انتخاب کر یہ کتاب تیار کی ہے، حالانکہ فہرست اس سے کہیں زیادہ بڑی تھی ۔ چونکہ بچوں کی کتابیں اگر ضخامت میں زیادہ ہوتی ہیں تو بچے بھی ایسی کتابیں پڑھنے سے بدکتے ہیں ۔ اس لیے میں نے کوشش کی ہے کہ کم سے کم صفحات میں زیادہ سے زیادہ کہانیاں جمع کرلوں ۔

میں نے پوری ایمانداری سے کوشش کی ہے کہ پرانے دور سے لے کر نئے دور کے ادیبوں تک کو اس میں شامل کرلوں ۔

اس انتخاب کے لیے میں نے بچوں کے پرانے رسالوں 'کھلونا'، 'ٹافی' اور 'پیامِ تعلیم' سے استفادہ کیا ہے ۔ بچوں کے ادب کو بڑھاوا دینے میں ان تمام رسائل نے اپنا بھرپور تعاون دیا ہے ۔ میں سمجھتا ہوں اگر یہ رسالے نہ ہوتے تو ہم بھی اتنی اچھی تحریروں سے محروم رہ جاتے اور شاید ہمارے بڑے ادیب بھی بچوں کے ادب کی طرف راغب ہی نہ ہوتے ۔

میری کوشش ہے کہ مستقبل میں مَیں اس کتاب کا دوسرا حصہ بھی آپ کے سامنے لاؤں جس میں ایسے ہی اور بھی ادیبوں کی تخلیقات شامل ہوں گی، جسے پڑھنے کے بعد میں سمجھتا ہوں آج کے زمانے کے بڑے بڑے ادیب بھی سوچنے اور بچوں پر لکھنے کے لیے مجبور ہو جائیں گے ۔

امید کرتا ہوں، آپ کو میری یہ کوشش پسند آئے گی ۔

شیخ صدام

دھول نہ لگے

☆ رابندرناتھ ٹیگور

کہتے ہیں کہ بھارت ورش کے ایک راجا جسو چندر نے اپنے وزیر گپو چندر سے ایک دن کہا، ''دیکھو کل رات میرے دل میں ایک خیال آیا کہ جب میں دھرتی پر پیر رکھتا ہوں تو میرے پاؤں دھول سے خراب ہوجاتے ہیں ۔ اب میں چاہتا ہوں کہ کوئی ایسا انتظام ہوجائے، جس سے میرے پاؤں نہ خراب ہوں ورنہ یاد رکھنا کہ کسی کی بھی خیر نہیں ''۔

راجا کا یہ حکم سن کر ان کے وزیر کے ہوش ٹھکانے نہ رہے ۔ وزیر نے شہر کے تمام عالموں سے مشورہ کرلیا مگر کسی کے بھی کچھ سمجھ میں نہ آیا کہ کیا ترکیب کرنی چاہیے ۔ آخر سوچتے سوچتے وزیر کی سمجھ میں ایک بات آئی ۔ اس نے جا کر راجا سے کہا، ''مہاراج اگر زمین پر دھول نہ ہو تو پھر آپ کی پرجا کے پاؤں کی خاک کیسے چھویں ۔ اس لیے دھول کا ختم کرنا ٹھیک نہیں ''۔

راجا نے کہا، ''یہ تو تم صحیح کہتے ہو لیکن اس سے پہلے اس کا انتظام کر دو کہ میرے پاؤں میں دھول نہ لگے ۔ میں اُس کا انتظام کر دوں گا ''۔

اب تو گپو جی کی آنکھوں کے سامنے پھر اندھیرا چھا گیا۔ انھیں دن میں تارے نظر آنے لگے۔ آخر پریشان ہو کر انھوں نے اور دوسرے شہروں میں اپنے آدمی بھیجے تا کہ وہ گھوم پھر کر لوگوں سے اُس کی کوئی ترکیب معلوم کر سکیں۔ آخر لوگوں نے سوچ بچار کے بعد کہا کہ "دھول کو مٹانا ٹھیک نہیں ہے کیونکہ اگر دھول نہ ہوگی تو غلّہ کیسے پیدا ہوگا۔"

راجا نے کہا کہ "میں غلّہ اُگانے کا بھی کوئی اور انتظام کروں گا۔ تم پہلے دھول کا خاتمہ کرو۔"

آخر ہوتے ہوتے یہ طے ہوا کہ ۷ لاکھ جھاڑویں منگائی جائیں اور اس سے دھول کا صفایا کیا جائے۔ جھاڑووں کے آنے پر جو گرد جھاڑنے کا سلسلہ شروع ہوا تو ہر طرف میں دھول ہی دھول اُڑنے لگی۔ راجا یہ دیکھ کر بہت ناراض ہوئے اور بولے کہ میں دھول ختم کرنا چاہتا ہوں، تم لوگ تو اور دھول اُڑانے لگے۔"

اب وزیر کی سمجھ میں ایک اور ترکیب آئی۔ دیکھتے کیا ہیں کہ ہزاروں بہشتی مشکیں اپنے پیٹھ پر لیے ہوئے سڑکوں پر پانی چھڑک رہے ہیں۔ دن بھر میں شہر کے سارے کنویں خالی ہو گئے اور سڑکوں پر تمام کیچڑ ہی کیچڑ نظر آنے لگی۔

اب بادشاہ اور ناراض ہوا اور بولا، "کم بختو! ایک ذرا سا کام نہیں کر سکتے۔ میں دھول ختم کرنے کو کہتا ہوں اور تم کیچڑ اکٹھا کر رہے ہو۔"

آخر ایک درباری کی سمجھ میں ایک ترکیب آئی اور اس نے کہا، "اگر سارے شہر میں چٹائی بچھا دی جائے تو کیسا رہے۔ پھر یہ کہ راجا صاحب زیادہ نہ چلیں پھریں۔"

یہ سن کر راجا کو بہت غصہ آیا۔ اس نے کہا، "واہ کیا ترکیب سوچی ہے کہ میں نکلنا بند کر دوں اور حکومت کا کام آپ چلائیں؟"

پھر وزیر کو خیال آیا اور وہ بولے،"ارے یہ بات تو میں نے سوچی ہی نہیں کہ اگر ساری زمین کو چمڑے سے ڈھک دیا جائے تو کیسا ہے گا۔ آپ ہی نہیں بلکہ کسی کے بھی دھول نہ لگے گی۔"

یہ بات تو راجا کے دل میں بھی اُتر گئی اور انھوں نے کہا،"بھئی واہ، کیا کہنے۔ یہ بات تو ہم لوگ بھول گئے تھے۔"بس پھر کیا تھا چاروں طرف چمڑے کی تلاش شروع ہوگئی اور حکم دے دیا گیا کہ جتنا چمڑا بھی کہیں ہو لوگ اُسے راج محل میں دے جائیں۔

اگلے دن شہر کے سارے چمار چمڑا لے کر دربار میں پہنچے۔ایک چمار جو چمڑا لے کر آیا اور جب اُسے معلوم ہوا کہ اس سے زمین ڈھکی جائے گی تو اُس نے ہنس کر وزیر سے کہا کہ"سرکار زمین کو ڈھکنے کے بجائے اگر ہر ایک اپنے اپنے پیر ڈھک کر چلے پھرے تو ساری زمین پر چمڑا بچھانے کی ضرورت نہ پڑے گی اور تھوڑے سے چمڑے سے بھی کام چل سکے گا۔"

وزیر نے کہا،"آخر کو ہے نا چمار۔ بے وقوفی کی بات کرتا ہے۔ یہ بھی کہیں ہو سکتا ہے۔"

اس روز تو چمار چپ چاپ گھر چلا گیا۔دو روز کے بعد وہ ایک جوڑا جوتا لے کر بادشاہ کے دربار میں حاضر ہوا اور اس نے بادشاہ کے پیروں میں یہ جوتے پہنائے اور کہا،"اب دھول پر پیر رکھیے،کبھی جو دھول لگ جائے۔"

راجا نے دھول پر پیر رکھے۔ دھول اُسی جوتے پر لگی اور راجا کا پیر بھی صاف کا صاف رہا۔ بادشاہ بہت خوش ہوا اور اُس چمار کو بہت انعام و اکرام دیا۔

اس طرح پہلی بار جوتا بنا۔

○■○

ابّو خاں کی بکری

☆ ڈاکٹر ذاکر حسین

ہمالیہ پہاڑ کا نام تو تم نے سنا ہی ہوگا۔ اس سے بڑا پہاڑ دنیا میں کوئی نہیں ہے۔ ہزاروں میل چلا گیا ہے اور اونچا اتنا ہے کہ ابھی تک اس کی اونچی چوٹیوں پر کبھی کبھار کوئی ہمّت والا آدمی پہنچ پاتا ہے، وہ بھی جیسے بس ڈھیا چھونے کو۔ اس پہاڑ کے اندر وادیوں میں بہت سی بستیاں بھی ہیں۔ ایسی ہی ایک بستی اموڑا بھی ہے۔

الموڑے میں ایک بڑے میاں رہتے تھے۔ ان کا نام تھا ابو خاں۔ انھیں بکریاں پالنے کا بہت شوق تھا۔ اکیلے آدمی تھے۔ بس ایک دو بکریاں رکھتے دن بھر انھیں چراتے پھرتے۔ ان کے عجیب عجیب نام رکھتے، کسی کو کلّو، کسی کا منگیا، کسی کا گوجری، کسی کو حکم۔ ان سے نہ جانے کیا باتیں کرتے رہتے اور شام کے وقت بکریوں کو لا کر گھر میں باندھ دیتے۔ الموڑا پہاڑی جگہ ہے اس لیے ابو خاں کی بکریاں بھی پہاڑی نسل کی ہوتی تھیں۔

ابو خاں غریب تھے بڑے بدنصیب۔ ان کی ساری بکریاں کبھی نہ کبھی رسّی تڑا کر رات کو

بھاگ جاتی تھیں ۔ پہاڑی بکری بندھے بندھے گھبرا جاتی ہے ۔ یہ بکریاں بھاگ کر پہاڑی میں چلی جاتی تھیں ۔ وہاں ایک بھیڑیا رہتا تھا وہ انھیں کھا جاتا تھا ۔ مگر عجیب بات ہے نہ ابوخاں کا پیار، نہ شام کے دانے کا لالچ، ان بکریوں کو بھاگنے سے روکتا تھا، نہ بھیڑیے کا ڈر ۔ بس شاید یہ بات ہو کہ پہاڑی جانوروں کے مزاج میں آزادی کی بہت محبت ہوتی ہے ۔ یہ اپنی آزادی کسی داموں دینے کو راضی نہیں ہوتے اور مصیبت اور خطروں کے باوجود آزاد رہنے کو آرام اور آسائش کی قید اچھا جانتے ہیں ۔

جہاں کوئی بکری بھاگ نکلی اور ابوخاں بیچارے سر پکڑ کر بیٹھ گئے ۔ ان کی سمجھ ہی میک نہ آتا تھا کہ ہری ہری گھاس میں انھیں کھلاتا ہوں، چھپ چھپا کر پڑوسیوں کے دھان کے کھیت میں بھی انھیں چھوڑ دیتا ہوں، شام کو دانا دیتا ہوں، مگر یہ کم بخت نہیں ٹھہرتیں اور پہاڑ میں جا کر بھیڑیے کو اپنا خون پلانا پسند کرتی ہیں ۔

جب ابوخاں کی بہت سی بکریاں یوں بھاگ گئیں تو بیچارے بہت اداس ہوئے اور کہنے لگے ''اب کبھی بکری نہ پالوں گا ۔ زندگی کے تھوڑے دن اور ہیں بے بکریوں ہی کے کٹ جائیں گے ۔'' مگر تنہائی بری چیز ہے ۔ تھوڑے دن تو ابوخاں بے بکریوں کے رہے ۔ آخر نہ رہا گیا ۔ ایک دن کہیں سے ایک بکری مول لے آئے ۔ یہ بکری ابھی بچّا ہی تھی، کوئی سوا سال کی ہوگی ۔ پہلی دفعہ بیاہی تھی ۔ ابوخاں نے سوچا کہ کم عمر بکری لوں گا تو شاید ہل جائے اور اسے جب پہلے ہی سے اچھے اچھے چارے دانے کی عادت پڑ جائے گی تو پھر یہ پہاڑ کا رخ نہ کرے گی ۔ یہ بکری تھی بہت خوبصورت ۔ رنگ اس کا بلکل سفید تھا ۔ بال لمبے لمبے تھے ۔ چھوٹے چھوٹے کالے کالے سینگ ایسے معلوم ہوتے تھے کہ کسی نے آبنوس کی کالی لکڑی میں خوب محنت سے

تراش کر بنائے ہوں۔ لال لال آنکھیں۔ تم دیکھتے تو کہتے کہ ارے یہ بکری ت ہم نے لے لی ہوتی۔ یہ بکری دیکھنے میں ہی اچھی نہ تھی، مزاج کی بھی بہت اچھی تھی۔ پیار سے ابو خاں کا ہاتھ چاٹتی تھی۔ دودھ چاہے تو کوئی بچّہ دودھ لے، نہ لات مارتی تھی نہ دودھ کے برتن گراتی۔ بو خاں تو اس پر لٹو ہوگئے تھے۔ اس کا نام چاندنی رکھا تھا اور دن بھر اس سے باتیں کرتے تھے۔ کبھی اپنے چچا گھیسٹا خاں کا قصّہ اسے سناتے تھے، کبھی اللہ بخشے، ماموں نتھوں خاں کا۔

ابو خاں نے یہ سوچ کر کہ بکریاں شاید میرے گھر کے تنگ آنگن میں گھبرا جاتی ہیں اپنی اس بکری چاندنی کے لیے نیا انتظام کیا تھا۔ گھر کے باہر ان کا ایک چھوٹا سا کھیت تھا۔ اس کے چاروں طرف انھوں نے نہ جانے کہاں کہاں سے کانٹے جمع کرکے ڈالے تھے کہ کوئی اس میں نہ آسکے۔ اس کے بیچ میں چاندنی کو باندھتے تھے اور رسّی خوب لمبی رکھی تھی کہ خوب اِدھر اُدھر گھوم سکے۔ اس طرح چاندنی کو ابو خاں کے یہاں خاصا زمانہ گزر گیا اور ابو خاں کو یقین ہوگیا کہ آخر کو ایک بکری تو ہل گئی۔ اب یہ نہ بھاگے گی۔

مگر ابو خاں دھوکے میں تھے۔ آزادی کی خواہش اتنی آسانی سے دل سے نہیں مٹتی۔ پہاڑ اور جنگل میں رہنے والے آزاد جانوروں کا دم گھر کی چار دیواری میں گھٹتا ہے، تو کانٹوں سے گھرے ہوئے کھیت میں بھی انھیں چین نصیب نہیں ہوتا۔ قید قید سب ایک سی۔ تھوڑے دن کے لیے چاہے دھیان بٹ جائے مگر پھر پہاڑ اور جنگل یاد آتے ہیں اور قیدی اپنی رسّی تڑانے کی فکر کرتا ہے۔ ابو خاں کا خیال ٹھیک نہ تھا کہ چاندنی پہاڑی کی ہوا بھول گئی۔

ایک دن صبح صبح جب سورج ابھی پہاڑ کے پیچھے ہی تھا کہ چاندنی نے پہاڑ کی طرف

نظر کی ۔ منہ جو جگالی کی وجہ سے چل رہے تھا، رُک گیا اور چاندنی نے دل میں کہا،"وہ پہاڑ کی چوٹیاں کیسی حسین ہیں ۔ وہاں کی ہوا اور یہاں کی ہوا کا کیا مقابلہ ۔ پھر وہاں اُچھلنا، کودنا، ٹھوکریں کھانا اور یہاں ہر وقت بندھے رہنا ۔ گردن میں آٹھ پہر یہ کم بخت رسّی ۔ ایسے گھیروں میں گدھے اور خچر ہی بھلے چگ لیں ہم بکریوں کو تو ذرا بڑا میدان چاہیے ۔"

اس خیال کا آنا تھا اور چاندنی اب وہ پہلی چاندنی ہی نہ تھی ۔ نہ اُسے ہری ہری گھاس اچھی لگتی تھی، نہ پانی مزا دیتا تھا، نہ ابوخاں کی لمبی داستانیں اُسے بھاتی تھیں ۔ دن پر دن دُبلی ہونے لگی ۔ دودھ گھٹنے لگا ۔ ہر وقت منہ پہاڑ کی طرف رہتا اور رسّی کو کھینچتی اور عجیب درد بھری آواز سے 'میں' چلّاتی ۔

ابوخاں سمجھ گئے، کہ ہو نہ ہو کوئی بات ضرور ہے لیکن یہ سمجھ میں نہیں آتا تھا کہ کیا ہے ۔ ایک دن صبح جب ابوخاں نے دودھ دوہ لیا تو چاندنی نے ان کی طرف منہ پھیرا اور اپنی بکریوں والی زبان میں کہا،"ابوخاں میاں، میں اب تھارے پاس رہوں گی تو مجھے بڑی بیماری ہو جائے گی ۔ مجھ تو تم پہاڑی میں چلا جانے دو ۔"ابوخاں بکریوں کی بولی سمجھنے لگے تھے ۔ چلّا کر بولے،"یا اللہ، یہ بھی جانے کو کہتی ہے، یہ بھی ۔"اور مارے صدمے کے مٹی کی لٹیا جس میں دودھ دوہا تھا ہاتھ سے گری اور پاش پاش ہو گئی ۔

ابوخاں وہیں گھاس پر بکری کے پاس بیٹھ گئے اور نہایت غمگین آواز سے پوچھا:

"کیوں بیٹی چاندنی، تو بھی مجھے چھوڑنا چاہتی ہے؟"

چاندنی نے جواب دیا،"ہاں ۔ ابوخاں میاں، چاہتی تو ہوں ۔"

"ارے تو کیا تجھے چارا نہیں ملتا؟ یا دانا پسند نہیں؟ بتیے نے گھنے دانے ملا دیے

ہیں کیا؟ میں آج ہی اور دانا لے آؤں گا۔‘‘

’’نہیں نہیں میاں دان کی کوئی تکلیف نہیں۔‘‘ چاندنی نے جواب دیا۔

’’تو پھر کیا رسّی چھوٹی ہے۔ میں اور لمبی کر دوں گا۔‘‘

چاندنی نے کہا،’’اس سے کیا فائدہ۔‘‘

’’تو آخر پھر کیا بات ہے؟ تو چاہتی کیا ہے؟‘‘

چاندنی بولی،’’کچھ نہیں۔ بس مجھے تو پہاڑ میں جانے دو۔‘‘

ابو خاں نے کہا،’’اری کم نصیب، تجھے یہ بھی خبر ہے کہ وہاں بھیڑیا رہتا ہے۔ وہ جب آئے گا تو کیا کرے گی؟‘‘

چاندنی نے جواب دیا،’’اللہ نے دو سینگ دیے ہیں۔ ان سے اسے ماروں گی۔‘‘

’’ہاں ہاں ضرور۔‘‘ ابو خاں بولے،’’بھیڑیے پر تیرے سینگوں ہی کا تو اثر ہوگا۔ وہ تو میری کئی بکریاں ہڑپ کر چکا ہے۔ ان کے سینگ تو تجھ سے بہت بڑے تھے تُو تو کلو کو جانتی نہیں تھی، وہ یہاں پچھلے سال تھی، بکری کاہے کو تھی ہرن تھی، ہرن۔ کالا ہرن۔ رات بھر سینگوں سے بھیڑیے کے ساتھ لڑی مگر پھر صبح ہوتے ہوتے اس نے دبوچ ہی لیا اور کھا گیا۔‘‘

چاندنی نے کہا،’’ارے، رے، رے۔ بیچاری کلو۔ مگر خیر۔ ابو خاں میاں اس سے کیا ہوتا ہے۔ مجھ تو تم پہاڑ میں جانے ہی دو۔‘‘

ابو خاں کچھ جھنجلائے اور بولے،’’یا اللہ۔ یہ بھی جاتی ہے۔ میری ایک چہیتی بکری اور اس کم بخت بھیڑیے کے پیٹ میں جاتی ہے... مگر نہیں، نہیں، میں اسے تو ضرور بچاؤں

گا۔ کم بخت، احسان فراموش، تیری مرضی کے خلاف تجھے بچاؤں گا۔ اب تو تیرا ارادہ معلوم ہو گیا ہے ۔ اچھا بس چل تجھے کوٹھری میں باندھا کروں گا نہیں تو موقع پا کر چل دے گی ۔‘‘

ابو خاں نے آ کر چاندنی کو ایک کونے کی کوٹھری میں بند کر دیا اور اوپر سے زنجیر چڑھا دی ۔ مگر غصّہ اور جھنجلاہٹ میں کوٹھری کی کھڑکی بند کرنا بھول گئے ۔ اِدھر اُنھوں نے گنڈی چڑھائی، اُدھر چاندنی اُچک کر کھڑکی میں سے باہر ۔ یہ جا وہ جا ۔

چاندنی پہاڑ پر پہنچی تو اس کی خوشی کا کیا پوچھنا تھا ۔ پہاڑ پر پیڑ اس نے پہلے بھی دیکھے تھے لیکن آج ان کا اور ہی رنگ تھا ۔ اُسے ایسا معلوم ہوتا تھا کہ سب کے سب کھڑے ہوئے اُسے مبارک باد دے رہے ہیں کہ پھر ہم میں آ ملی ۔ اِدھر اُدھر سیوتی کے پھول مارے خوشی کے کھلکھلا کھلکھلا کر ہنس رہے تھے ۔ کہیں اونچی اونچی گھاس اس سے گلے مل رہی تھی ۔ معلوم ہوتا تھا کہ سارا پہاڑ مارے خوشی کے مسکرا رہا ہے اور اپنی بچھڑی ہوئی بچّی کے واپس آنے پر پھولا نہیں سماتا ۔ چاندنی کی خوشی کا حال کوئی کیا بتائے ۔ نہ چاروں طرف کانٹوں کی باڑھ، نہ کھونٹا، نہ رسّی ۔ اور چارا! وہ جڑی بوٹیاں کہ ابو خاں غریب باوجود اپنی ساری محبت اور شفقت کے نہ لا سکتے ۔

چاندنی کبھی اِدھر اُچلتی، کبھی اُدھر، یہاں سے کودی، وہاں پھاندی، کبھی چٹان پر ہے، کبھی کھڈ میں، اِدھر ذرا پھسلی پھر سنبھلی ۔ ایک چاندنی کے آنے سے سارے پہاڑ میں رونق سی معلوم ہوتی تھی ۔ ایسا لگتا تھا جیسے ابو خاں کی دس بارہ بکریاں چھوٹ کر یہاں آ گئی ہوں ۔

ایک دفعہ گھاس پر منہ مار کر جو ذرا سر اٹھایا تو چاندنی کی نظر ابو خاں کے مکان اور

اُس کانٹوں والے گھیر پر پڑی۔ انھیں دیکھ کر چاندنی خوب ہنسی اور دل میں کہنے لگی۔''یا خدا کوئی دیکھے تو کتنا ذرا سا مکان ہے اور کیسا چھوٹا سا گھیر۔ یا اللہ میں اتنے دن اس میں کیسے رہی؟ اس میں آخر سماتی کیسے تھی؟'' پہاڑی کی چوٹی پر سے اس ننھی سی جان کو نیچے کی ساری دنیا ہیچ نظر آتی تھی۔

چاندنی کے لیے یہ دن بھی عجیب دن تھا۔ دو پہر تک اتنی اُچھلی کودی کہ شاید ساری عمر میں اتنی اُچھلی کودی نہ ہوگی۔ دو پہر ڈھلتے اُسے پہاڑی بکریوں کا ایک گلّا دکھائی دیا۔ گلّے کی بکریوں نے اسے خوشی خوشی اپنے پاس بلایا۔ اور اس سے حال احوال پوچھا۔ گلّے میں کچھ جوان بکرے بھی تھے۔ انھوں نے بھی چاندنی کی بڑی خاطر تواضع کی۔ بلکہ اس میں ایک بکرا تھا ذرا کالے کالے رنگ کا جس پر کچھ سفید ٹیپے تھے وہ چاندنی کو بھی اچھا لگا۔ اور یہ دونوں بہت دیر تک اِدھر اُدھر پھرتے رہے۔ ان میں نہ جانے کیا کیا باتیں ہوئیں اور کوئی تو تھا نہیں، ایک چشمہ پانی کا بہہ رہا تھا اس نے سُنی ہوں گی۔ بھی کوئی وہاں اور اس چشمے سے پوچھے تو شاید کچھ پتا لگے۔ اور پھر بھی کیا خبر۔ یہ چشمہ بھی شاید نہ بتائے۔ ایک کی بات دوسرے سے کہنا کچھ اچھی بات نہیں۔

خیر، بکریوں کا گلّا تو نہ معلوم کدھر چلا گیا۔ وہ جوان بکرا بھی اِدھر اُدھر گھوم کر اپنے ساتھیوں میں جا ملا۔ چاندنی کو ابھی آزادی کی اتنی آرزو تھی کہ اس نے گلّے کے ساتھ ہو کر ابھی سے اپنے اوپر پابندیاں لینا گوارا نہ کیا اور ایک طرف کو چل دی۔ شام کا وقت ہوا۔ ٹھنڈی ہوا چلنے لگی۔ سارا پہاڑ لال سا ہو گیا اور چاندنی نے سوچا''اوہو، ابھی سے شام؟'' نیچے ابو خاں کا گھر اور وہ کانٹوں والا   گھیر دنوں سُہیر میں چھپ گئے تھے۔ نیچے کوئی چرواہا اپنی

بکریوں کو باڑے میں بند کرنے کے لیے جا رہا تھا۔ ان کی گردن کی گھنٹیاں بج رہی تھیں۔ چاندنی اس آواز کو خوب پہچانتی تھی اسے سن کر اداس سی ہوگئی۔ ہوتے ہوتے اندھیرا ہونے لگا اور پہاڑ میں ایک طرف سے آواز آئی۔''خو خو۔''

یہ آواز سن کر چاندنی کو بھیڑیے کا خیال آیا۔ دن بھر ایک دفعہ بھی اس کا دھیان اِدھر نہ گیا تھا۔ پہاڑ کے نیچے سے ایک سیٹی اور بگل کی آواز آئی۔ یہ بیچارے ابو خاں تھے جو آخری کوشش کر رہے تھے کہ اسے سن کر چاندنی پھر لوٹ آئے۔ اُدھر سے یہ کہہ رہے تھے ''لوٹ آ۔ لوٹ آ۔'' اِدھر سے دشمن جان بھیڑیے کی آواز آ رہی تھی۔

چاندنی کے جی میں کچھ تو آئی کہ لوٹ چلے لیکن اسے کھونٹا یاد آیا، رسی یاد آئی، کانٹوں کا گھیرا یاد آیا۔ اس نے سوچا کہ اُس زندی سے تو یہاں کی موت اچھی۔ آخر کو سیٹی اور بگل کی آواز بند ہوگئی۔ پیچھے سے پتیوں کی کھر کھراہٹ سنائی دی۔ چاندنی نے مڑ کر دیکھا تو دو کان دکھائی دیے۔ سیدھے کھڑے ہوئے اور دو آنکھیں جو اندھیرے میں چمک رہی تھیں۔ بھیڑیا پہنچ گیا تھا۔

بھیڑیا زمین پر بیٹھا تھا۔ نظر بیچاری بکری پر جمی تھی۔ اسے اطمینان تھا جلدی نہ تھی۔ خوب جانتا تھا کہ اب کہاں جاتی ہے۔ بکری نے جو اس کی طرف رُخ کیا تو یہ مسکرائے اور بولے، ''اوہو۔ ابو خاں کی بکری ہے۔ خوب کھلا کھلا کر موٹا کیا ہے۔'' یہ کہہ کر اس نے اپنی لال لال زبان اپنے نیلے نیلے ہونٹوں پر پھیری۔ چاندنی کو کلو کا قصہ یاد آیا، جو ابو خاں نے بتایا تھا اور اس نے سوچا کہ میں کیوں خواہ مخواہ رات بھر لڑ کر صبح جان دوں۔ ابھی کیوں نہ اپنے کو سپرد کر دوں۔ پھر خیال آیا کہ نہیں۔ اپنا سر جھکایا، سینگ آگے کیے کو کیے اور

پینترا بدل کر بھیڑے کے مقابل آئی کہ بہادروں کا یہی شیوہ ہے ۔ کوئی یہ نہ سمجھے کہ چاندنی اپنی بساط نہ جانتی تھی اور بھیڑیے کی طاقت کا اندازہ اسے نہ تھا ۔ وہ خوب جانتی تھی کہ بکریاں بھیڑیے کو نہیں مار سکتیں ۔ وہ تو صرف یہ چاہتی تھی کہ اپنی بساط کے مطابق مقابلہ کرے ۔ جیت ہار پر اپنا قابو نہیں ۔ وہ اللہ کے ہاتھ ہے ۔ مقابلہ ضروری ہے ۔ جی میں یہ سوچتی تھی کہ دیکھوں میں کلّو کی طرح رات بھر مقابلہ کر سکتی ہوں یا نہیں ۔

کچھ دیر جب گزر گئی تو بھیڑیا بڑھا ۔ چاندنی نے بھی سینگ سنبھالے ۔ اور وہ وہ حملے کیے ہیں کہ بھیڑیے کا جی جانتا ہوگا ۔ دیسیوں مرتبہ اس نے بھیڑیے کو پیچھے ریل دیا ۔ ساری رات اسی میں گزری ۔ کبھی کبھی چاندنی اوپر آسمان کی طرف دیکھ لیتی اور ستاروں سے آنکھوں آنکھوں میں کہہ دیتی اسے کاش اسی طرح صبح ہو جائے ۔

ستارے ایک ایک کر کے غائب ہو گئے ۔ چاندنی نے آخری وقت میں اپنا زور دو گنا کر دیا ۔ بھیڑیا بھی تنگ آگیا تھا کہ دور سے ایک روشنی سی دکھائی دی ۔ ایک مُرغ نے کہیں سے بانگ دی ۔ نیچے بستی میں مسجد سے اذان کی آواز آئی ۔ چاندنی نے دل میں کہا اللہ تیرا شکر ہے ۔ میں نے اپنے بس بھر مقابلہ کیا ۔ اب تیری مرضی ۔ مؤذن آخری دفعہ اللہ اکبر کہہ رہا تھا کہ چاندنی بے دم زمین پر گر پڑی ۔ اس کا سفید بالوں کا لباس خون سے بلکل سُرخ تھا ۔ بھیڑیے نے اسے دبوچ لیا اور کھا گیا!

اوپر درخت پر چڑیاں بیٹھی دیکھ رہی تھیں ۔ ان میں اس پر بحث ہو رہی تھی کہ جیت کس کی ہوئی ۔ سب کہتی ہیں بھیڑیا جیتا ۔ ایک بوڑھی سی چڑیا ہے وہ مصر ہے کہ چاندنی جیتی ۔

○■○

18

بادشاہ اور دھوبی

☆ احمد جمال پاشا

کسی زمانے میں کوئی بادشاہ سخت جاڑوں میں برف گاڑی سے کوئی دریا پار کر رہا تھا۔ اس نے دیکھا ایک آدمی برفیلے ٹھنڈے پانی سے کپڑے دھو رہا تھا۔ بادشاہ نے برف گاڑی روک دی اور پوچھا۔

”پانچ سے سات کی ضرورت کیوں نہیں پوری ہو جاتی۔“

دھوبی نے جواب دیا: ”اس لیے کہ بتیس انتظار تھوڑی کر سکتے ہیں۔“

بادشاہ نے بہت دماغ دوڑایا مگر جواب سمجھ میں نہیں آیا۔ مجبوراً دھوبی کو حکم دیا کہ وہ اگلے روز دربار میں حاضر ہو۔

دربار میں بادشاہ نے پوچھا ”کل میں نے تم سے جو بات کہی تھی اس کا مطلب بتاؤ؟“

دھوبی نے کہا ”پانچ کا مطلب گرمی کے پانچ مہینے اور سات کا مطلب جاڑوں کے سات مہینے۔“

بادشاہ نے پوچھا ”تم نے جو جواب دیا اس کا کیا مطلب تھا؟“

دھوبی بولا،''میں نے بتیس کہا تھا۔جس کا مطلب دانت تھے۔گرمی کے پانچ مہینوں میں اتنی آمدنی نہیں ہوتی کہ بتیس دانت سال بھر کھا سکیں۔اس لیے مجھے جاڑوں کے سات ماہ بھی کام کرنا پڑتا ہے۔''

بادشاہ نے دھوبی کی حاضر جوابی پر بہت خوش ہوا اور دھوبی کو پچاس اشرفیاں انعام دیں۔مگر شرط یہ لگا دی کہ،''جب تم اپنے بادشاہ کی صورت بار بار دیکھ لو تبھی ان میں سے ایک اشرفی خرچ کر سکتے ہو۔''

دھوبی بادشاہ کا شکریہ ادا کر کے لوٹا۔اس نے اپنے اور اپنی بیوی کے بچوں کے لیے گرم کپڑے خریدے۔دو دھ انڈے مکھن، پنیر اور مزیدار چیزیں گھر بھر کھانے لگا۔سب خوشی خوشی زیادہ محنت سے کام کرنے لگے۔ان کی آمدنی بڑھ گئی۔ان کے بچے اسکول میں پڑھنے جانے لگے اور انھیں پتا بھی نہ لگا کہ کب ساری اشرفیاں ختم ہو گئیں۔

دھوبی کا پڑی دار اس کی خوش حالی اور ترقی سے جل بھن کر کباب ہو رہا تھا۔اس نے بادشاہ سے دھوبی کی چغلی کھائی۔

بادشاہ نے دھوبی کو دربار میں طلب کیا اور غصے سے کہا،''تم اپنی بات سے کیوں پھر گئے؟''
دھوبی نے کہا،''بادشاہ سلامت ہر اشرفی خرچ کرنے سے پہلے دس بار آپ کی صورت دیکھی اور آپ کا حکم پورا کیا۔''بادشاہ دھوبی کی حاضر جوابی پر اتنا خوش ہوا کہ اس نے دھوبی کو انعام میں سو اشرفیاں اور دیں اور شاہی دھوبی مقرر کر دیا۔

سلونو

☆ راشدالخیری

مُغل بادشاہ شاہ عالم کا باپ عزیز الدین عالم گیر ثانی اپنے سیدھے سادھے مزاج اور بھولی بھالی باتوں کی وجہ سے ایک خاص وقعت رکھتا تھا۔ اس کے وزیر غازی الدین خاں کی دلی کوشش تھی کہ بادشاہ کو اپنی مٹھی میں رکھے۔ رفتہ رفتہ وہ اس فکر میں مبتلا ہوا کہ کسی طرح بادشاہ کو قتل کر کے اپنے بھتیجے کو تخت پر بٹھا دے۔ اس منصوبے میں اُس نے بعض مخالفین سلطنت کو شامل کر لیا اور ایک روز جب بادشاہ عصر کی نماز سے فارغ ہوئے عرض کیا:

”جہاں پناہ! ایک فقیر کوٹلہ میں تشریف فرما ہیں۔“

بادشاہ فقیروں کے عاشق تھے، یہ سنتے ہی بے تاب ہو گئے اور فرمایا: ”فوراً بلاؤ۔“

چنانچہ دو آدمی روانہ کیے گئے، جنھوں نے واپس آ کر عرض کیا، ”عالی جاہ! شاہ صاحب کی تیوری پر طلبی کا نام سنتے ہی بل آ گیا۔ حضور! وہ تو دنیا کی ہر دولت سے بے فکر ہیں۔ اندیشہ ہے کہ وہ شاید یہاں قیام بھی نہ کریں اور رات ہی رات کو کوچ کر جائیں۔“ بادشاہ یہ بات سنتے ہی کانپ گیا اور

فوراً اُٹھ کھڑا ہوا کہ ایسا نہ ہو کہ فقیر کی بد دعا برباد کر دے۔ فوراً روانہ ہو کر کوٹلہ پہنچا تو یہاں فقیر کے بدلے اللہ کا نام تھا۔ پانچ آدمی پہلے سے تیار تھے۔ مسجد میں داخل ہوتے ہی ایک شخص نے پیٹ میں خنجر بھونکا، دوسرے نے پشت میں۔ چند لمحے میں بادشاہ تڑپ تڑپ کر ٹھنڈے ہو گئے تو ان کی لاش دریا کی طرف پھینک دی گئی۔ یہ واقعہ رات کے ابتدائی حصے میں ہوا۔ اتفاق سے چاندنی رات تھی اور بادشاہ کی لاش جنگل میں پڑی تھی۔

جہانگیر کے عہد میں ایک زنجیر لٹکتی تھی کہ ہر فریادی قلعہ شہر پر حاضر ہو کر بادشاہ کو اپنی کہانی سنا سکے۔ عزیز الدین عالم گیر ثانی نے یہ انتظام کیا تھا کہ وہ صبح تڑکے باہر آ بیٹھتا اور لوگ اُس کی زیارت کر لیتے۔

ایک برہمن عورت رام کور جمنا کے اشنان سے واپس آ رہی تھی۔ پہلے تو ایک آدمی کو سوتا دیکھ کر جھجکی، مگر غور سے دیکھا تو پہچان لیا کہ لاش بادشاہ کی ہے، اور خون سے لت پت ہے۔ وہیں بیٹھ گئی اور رونے لگی۔

رات کا بڑا حصہ اسی طرح بسر ہوا، جب رات کی واپسی میں دیر ہوئی تو بقیہ اراکین و وزرا، عزیز و اقارب پریشان ہوئے اور کوٹلے پہنچے۔ اندر جا کر چپہ چپہ اور کونہ کونہ نہ چھان مارا، فقیر کا پتا چلا نہ بادشاہ کا۔ چاروں طرف ڈھونڈتے پھرے، نیچے جھانک کر دیکھا تو کچھ دور ایک لاش اور ایک عورت دکھائی دی۔ پاس پہنچے تو حقیقت معلوم ہوئی۔ شہر میں کہرام مچ گیا۔ صبح ہوئی تو نہلا دھلا کر بادشاہ کی میت کو ہمایوں کے مقبرے میں دفن کی گئی۔ شاہ عالم باپ کی جگہ تخت نشیں ہوئے۔ رام کور برہمنی کو اس خدمت کا صلہ دیا کہ اس نے بادشاہ کی لاش کی حفاظت کی تھی۔ اسے دربار میں خلعت دی گئی۔ اس دن سے رام کور بادشاہ کی بہن بن گئی۔ سلونو کے روز وہ بہن

کی حیثیت سے سچے موتیوں کی راکھی، جس میں سونے کی گھنڈیاں ہوتی تھیں بادشاہ کے ہاتھ میں باندھی اور بادشاہ حقیقی بہن کی طرح زرو جواہر دے کر گھر سے رخصت کرتے۔ شاہ عالم کے بعد اکبر شاہ ثانی کے بعد بہادر شاہ نے بھی سلونو کو اسی طرح منایا۔ بہادر شاہ آخری مغل بادشاہ تھے۔

سلونو ساون میں ہوتا ہے۔ جن دنوں کی یہ بات ہے اُن دنوں مینہہ پندرہ پندرہ اور بیس بیس روز مسلا دھار برستا تھا۔ سلونو کا انتظام قلعہ میں آٹھ آٹھ دس دس روز پہلے سے ہوتا تھا۔ جھولے پڑتے تھے۔ ایک طرف چولھے، چوکے، کڑھائیاں چڑھی ہوئی، اُدھر بادشاہ نماز سے فارغ ہو کر باہر آ کر بیٹھے، اُدھر برہمنی نے راکھی باندھی۔ درباری نے دعاؤں کے نعرے بلند کیے۔

آسمان پر گھٹا ٹوپ اندھیرا چھایا ہوا ہے، ہلکی ہلکی پھوار پڑ رہی ہے، باغ میں آموں کے جھنڈے چھائے ہوئے ہیں۔ زمین پر گر ونڈوں کی بہار۔ پپیہا الاپ رہا ہے، کوئل کوک رہی ہے، نقارے پر چوٹ پڑی، کڑھائیوں میں بڑے پڑے۔ جھولے والیاں جھولے میں گئیہیں۔ پینگیں بڑھ رہی ہیں۔ دوپہر تک جھولے اور پکوان ہوتے رہے۔ کھانا کھایا اور بادشاہ سلامت نے زمردیں چوڑیاں اپنی دونوں بہنوں کو دیں اور ساتھ والیوں کو جوڑے عطا ہوئے۔ نقد روپے دیے گئے، مٹھائیوں، پکھوریوں، پوریوں کے تھال، عطا ہوئے اور اس طرح یہ بہن بھائی کے انعام سے مالامال، شاہی جوڑا پہن کر سسرال سے رخصت ہوئی۔

○■○

خوانچے والا

☆ رشید احمد صدیقی

وہ کھجور کے پتوں کی جھاڑو کے مورچھل سے مکھیوں اور خوانچے کے دیکھے یا ان دیکھے حملہ آوروں کو برابر مارتا بھگا تا رہتا۔ گھر پر یہ مورچھل جھاڑو کا کام دیتا اور خوانچے پر پہنچ کر مورچھل بن جاتا۔ جس کو خوانچے والا برابر ہلا تا رہتا۔

مورچھل کی یہ رفتار اس درجہ مسلسل اور ہموار رہتی کہ مکھیں واور بھنگوں نے اس کی اہمیت کو بلکل نظر انداز کر دیا تھا۔ ان میں سے جس کا دل چاہتا خوانچے میں داخل ہو جاتا۔ جب تک جی چاہتا قیام کرتا اور ضرورت سے فارغ ہو کر چل دیتا۔ کچھ ایسے بھی تھے جنھوں نے وہیں انتقال بھی فرمایا تھا اور گا ہک یا قبر کھود دنے والے کے انتظار میں پڑے سوکھ رہے تھے۔

میں نے نہ اس خوانچے والے کو کبھی بیمار پڑے دیکھا اور نہ اس برگد کو۔ نہ اس نے کبھی تہوار منایا نہ کپڑے بدلے نہ اس برگد نے۔ دنیا کا کچھ ہی حال ہو برگد اور خوانچے والے اپنی اپنی جگہ پر جمے رہے۔ شاخیں پھیلتی گئیں۔ جڑیں مضبوط ہوتی گئیں۔

ہم میں سے کوئی فیل ہو جاتا یا پٹ جاتا تو وہ ایک دن خوانچے والے کو منھ نہ دکھاتا۔لیکن آخرکب تک؟ منہ دکھانے کے لیے ہی تو بنا نہیں ہے،کھانے کے لیے بھی بنا ہے۔اس لیے خوانچے والے کا سامنا کرنا ہی پڑتا۔ایسا معلوم ہوتا جیسے بن کہے اسے سب خبر ہے۔کیا کہیے۔

وہ کہتا میاں گھبراؤ نہیں۔مجھے دیکھو، ماں، باپ، بیوی، بچے، سب ایک ایک کرکے داغ دے گئے۔۔۔کتنی بیماریاں آئیں اور چلی گئیں۔چوروں نے لوٹا۔کھیت جائداد سب بک بکا کر ٹھکانے لگیں پر میں اب بھی وہی ہوں جو میرا باپ تھا۔جو میرے باپ کا تھا اور جو اگر میرا لڑکا ہوتا وہ بھی وہی ہوتا۔''

''وہی خوانچہ وہی چار پیسے۔کل جو ہو چکا اور کل جو ہوگا دونوں بے کار، بس آج ایک دن، صرف ایک ہی دن سب کچھ ہے اور ایک دن کسی نہ کسی طرح کاٹ دینا کچھ مشکل نہیں۔میاں جاؤ بس ایک دن کا انتظام کرلو۔ یہ لو کابلی چنے کھالو، کابل گئے، مُغل ہوآئے۔ یہ پیسہ گھسا ہوا ہے دوسرا دو۔''

دوسرا پیسہ نہ ہوا تو اس کا نے کابلی چنے واپس لے لیے اور ہم یا آپ نہ کابل ئے نہ مُغل ہو پائے۔

خوانچے والا ایک دن کاٹ دینے کی تعلیم کو بڑی شدّ و مدّ سے دیتا لیکن اس ایک دن کو کاٹ دینے میں آپ کی مدد کبھی نہ کرتا۔اس وقت میرے دل میں طرح طرح کے خیال گڈ مڈ ہو کر آتے۔ان کو میں ایک دوسرے سے ربط نہ دے سکتا۔لیکن اتنا سمجھ میں آتا کہ خوانچے والا اپنی نصیحتوں کی کھٹّی میں سے بہت کچھ دینے کے بجائے اپنے خوانچے میں سے بھی کچھ دے دیتا تو میں زیادہ خوش ہوتا اور بگڑتی دنیا دم بھر میں سدھر جاتی!

بچے کس گھر میں نہیں ہوتے اور خوانچے والا کہاں نہیں ہوتا۔ میں آپ کو اپنے ہی ہاں کے ایک بچے کا حال سناتا ہوں۔ ان کی سب سے زیادہ دوستی خوانچے والوں سے ہو جاتی ہے اور میرا یہ حال ہے کہ ان کے خوانچہ فروش کو کہیں پا جاؤں تو اسے کچا ہی کھا جاؤں، بشرطیہ یہ کہ خوانخواستہ وہ ایسا ہو کہ مجھ کو سو مجانہ کھا جائے۔

ایک دن میں نے دیکھا کہ یہ دامن میں کچھ چیزیں بھرے آرہے ہیں۔ ان کے چہروں کی تازگی اور تبسم کچھ اس انداز کا تھا جیسے دنیا میں ان سے زیادہ عقل مند اور تندرست اور کوئی نہ تھا۔

میں نے حال دریافت کیا تو معلوم ہوا کہ انھوں نے ایک روپے کی کسی ڈاکو کو خاونچہ فروش سے رس بھریاں خریدی تھیں۔ میں نے بس بھرے تیور اور لہجے میں کہا، "تم نے خریدنے سے پہلے کچھ سوچا بھی نہیں؟"

بولے، "جی ہاں سوچا تھا۔ آپ دیکھیے تو اوّل تو رس بھری دوسری میٹھی اور تیسرے اتنی ساری"۔

اور 'اتنی ساری' کو واضح کرنے کے لیے دونوں ہاتھ اس طرح پھیلائے جیسے مجھ کو بھی یہ رس بھریوں میں شامل کر چکے تھے۔ دامن چھوٹ گیا۔ رس بھریاں بھُر بھُر ا کر فرش پر لوٹنے لگیں۔ میں ان کا کچھ نہ کر سکا اور مطمئن ہو گیا کہ واقعی رس بھریاں اتنی مہنگی نہ تھیں جتنا میں خیال کرتا تھا۔

خوانچے والے کی آواز میں بڑی کشش ہوتی ہے۔ تمھارے لیے ہی نہیں تمھارے بوڑھوں کے لیے بھی۔ ملائی کا برف، آم، خربوزے، چاٹ، چورن، چنے جو رگرم کی آواز پر سبھی دوڑتے

ہیں۔ محلے میں سے کسی کی آواز آئی اور چھوٹے بڑے اپنے اپنے کام چھوڑ کر ان کے گرد جمع ہو گئے۔

میلے کچیلے ننگ دھڑنگ بچے، کچھ ناچتے کچھ چیختے کھانستے، بوڑھے، جھگڑالو بوڑھیاں، نُچی مرغیاں، لکڑاتے کتے، بجھے کلرک سوکھے مزدور، اپنے لیڈر، انقلابی شاعر، پھڑکتی گلہریاں، غرض ہندوستان کا اصل اور مکمل نقشہ نظر آئے گا۔ خوانچے والا رہ رہ کر صدا لگائے گا۔ روگ بائٹے گا، پیسے وصول کرے گا اور چل دے گا۔

خوانچے والے کا بیوپار زندگی میں رچ بس گیا ہے۔ جدھر دیکھیے خوانچہ فروشی کا بازار گرم ہے یہ باتی تمہاری سمجھ سے باہر ہیں اور میرے قابو سے۔ اس لیے آؤ تم صلح کر لیں اور اس سے بہتر موقع کے منتظر رہیں۔

○■○

خان صاحب کی بھوک

☆ ابن انشا

جن بزرگ کا یہ تذکرہ ہے وہ چین کا دورہ کرنے والے ادیبوں کے وفد میں ہمارے ساتھی تھے۔ طبعی انکسار کے باعث اپنے نام کا اعلان شاید پسند نہ کریں لہذا اہم ان کو صرف خان صاحب کے نام سے یاد کریں گے۔

خان صاحب بزرگ آدمی ہیں ساتھ پینسٹھ سے اوپر عمر ہے لیکن بڑے کینڈے کے آدمی ہیں (کاتب صاحب! کینڈے کے کو ک کو گ بنانے کی کوشش نہ کیجیے) پیکنگ میں پہلے ہی روز ہم جب ناشتے کی میز پر بیٹھے اور بیرے نے آرڈر لینا شروع کیا تو سب سے پہلے ہماری باری تھی۔ ہم نے کہا ایک انڈا ہاف بوائلڈ تو ہمارے رفیق نے کہا، دو انڈے۔ خان صاحب کے آگے شمع پہنچی تو بولے، تین انڈے۔ ہم نے پہلے سمجھا یہ ناشتے کی میز نہیں، نیلام گھر ہے اور بولی بڑھ رہی ہے۔ اب اس سے اگلا آدمی چار انڈے مانگے گا۔ پھر یہ خیال کی خان صاحب کو کچھ غلط فہمی ہوئی ہے لہذا عرض کیا کہ قبلہ صرف اپنے لیے آرڈر دیجیے۔ ساری میز کے لیے نہیں، اپنا آرڈر ہم دے

نیچے۔

خان صاحب نے کہا جی میں اپنا ہی آرڈر دے رہا ہوں۔ اور دیکھنا بیرا آٹھ توس، چند ٹکیاں مکھن کی، دلیہ دہی، کچھ بھنے ہوئے گردے اور سبزی مچھلی وغیرہ بھی جلد ہاں کافی بھی۔"

بہت بہتر جناب!

چاول ہیں؟

جی ہاں، ہیں۔

ایک پلیٹ ان کی بھی۔ شاباش میرے بھائی جھپاک سے۔

بعض لوگ ناشتہ ڈٹ کر کریں تو پھر دن بھر کچھ نہیں کھاتے۔ ہم نے خان صاحب کو انہیں میں شمار کیا لیکن لنچ میں جب آدھے لوگوں نے چینی کھانے کا آرڈر دیا اور آدھوں نے یورپین کھانے کا، تو بیرا افخر سے بولا کہ جناب، پاکستانی کھانا چاہیے تو اس کا بھی انتظام ہے، پراٹھے ہیں، دال ہے، سبزی ہے، بُھنا گوشت ہے، وغیرہ۔

خان صاحب نے کہا، "میاں، ہمارے لیے تینوں لے آؤ۔ ولائتی کھانا تو خیر ہمیں مرغوب ہی ہے، لیکن اب چین میں ہیں تو تھوڑا چینی کھانا بھی چکھ کے دیکھیں اور پاکستانی کھانا بھی دیکھیں، تم کیا بناتے ہو۔" اس موقع پر انھوں نے حاضرین سے خطاب کرکے ماؤزے تنگ کا مشہور مقولہ بھی دہرایا کہ "زنگ ارنگ پھولوں کو اپنی بہار دکھانے دو۔" اب چیئرمین ماؤ کا نام بیچ میں آئے اور کوئی دم مار سکے، ناممکن۔

قصہ مختصر یہ کہ خان صاحب نے پہلے روز سے جس صلح کل پالیسی کا آغاز کیا، اسے آخر تک نبھایا۔ کسی پلیٹ سے اور کسی قسم کے کھانے سے کوئی تعصب نہ برتا۔ اگر کوئی پلیٹ دور رکھی جاتی

توکسی رفیق سے فرماتے تھے،''وہ کیا چیز ہے،اسے بھی تو ذرا دیکھیں ''اب ہم جیسے نیازمند بھی تعاون کرنے لگے ۔ جہاں ان کی پلیٹ کو خالی ہوتے دیکھا ایک بڑے چمچے سے ایک نئی قسط ڈال دی ۔ انصاف سے کہنا پڑتا ہے کہ انھوں نے بھی کسی کا ہاتھ نہ روکا۔ بھی کسی کی دل شکنی نہ کی ۔ مچھلی ہو یا سبزی، بیف ہو یا دنبے کی چکتی، خان صاحب نے سب کو ایک ہی آنکھ سے دیکھا (دوسری وہ بند کر لیتے تھے)

چین کی چائے تو خیر خاص قسم کی ہوتی ہے ۔ چند پتیاں اور پانی، نہ دودھ نہ میٹھا لیکن ہمارے لیے خاص طور پر اس جوشاندے کا انتظام کیا جاتا تھا جسے ہم اپنے یہاں چائے کہتے ہیں ۔ وہاں ان کا نام خونچا ہے ۔ خان صاحب بھی یہی پیتے تھے لیک اس کا نسخہ بھی ان کا اپنا تھا ۔ وہ اس میں ایک ٹکیا مکھن کی ضرور ڈالتے تھے اور اس کے بعد دودھ، لیکن ایک روز بیرے کو دودھ لانے میں کچھ دیری ہوگئی تو ہمارے مخدوم پیر حسام الدین راشدی نے جوان کا خاص خیال رکھتے تھے فرمایا کہ حضرت دودھ نہیں تو نہ سہی، ایک مکھن کی ٹکیا اس کے حصے کی اور ڈال لیجیے، آخر اصل تو دونوں چیزوں کی ایک ہی ہے، خان صاحب کو یہ بات پسند آ گئی ۔ تھوڑی دیر میں دودھ آ گیا تو ان دو ٹکیوں کے علاوہ انھوں نے کوئی آدھ پاؤ وہ بھی ڈالا (یاد رہے کہ وہاں چائے اس گلاس میں دی جاتی ہے جس میں ہاں موجی دروازے کا پہلوان لسی پیتے ہیں) اس کے بعد دو ٹکیاں ان کی معمول ہو گئیں ۔ آپ نے بھی آئس کریم کو دیکھا ہے جو رکھے رکھے پگھل گئی ہو بس یہی رنگ ہوتا تھا خان صاحب کی چائے کا۔

چین میں ہماری قسمت میں حیرانی ہی حیرانی لکھی تھی ۔ باہر جاتے تو چین والوں کے کارخانے، میوزیم، کمیون وغیرہ دیکھ کر حیران ہوتے تھے اور ہوٹل میں ہوتے تھے تو خان

صاحب کو دیکھ کر وڈ جد کرتے تھے۔ ہم کبھی فیصلہ نہ کر پائے کہ ان دونوں میں زیادہ حیران کرنے والی کون سی بات ہے۔

اِدھر جاتا ہے یا دیکھیں اُدھر پروانہ جاتا ہے۔

لیکن خان صاحب کی داستان ابھی ختم نہیں ہوئی۔ پیکنگ سے چل کر ہم وسط چین کے شہر وو ہان پہنچے تو ایک شام خان صاحب کو قدرے پریشان پایا۔ ہم نے کہا۔''خان صاحب! کیا بات ہے؟''

بولے،''بات تو کچھ خاص نہیں لیکن یہاں کے بیرے میری زبان نہیں سمجھتے۔''

ہم نے کہا،''آخر ان کو اپنی زبان سمجھانے اور ان کی زبان سمجھنے کی ضرورت ہی کیا ہے، وہ بہت سا لا   کر رکھ دیتے ہیں ہم بہت سا کھا لیتے ہیں۔ اب رہی زبان دانی اس کا انتظام پیکنگ یونی ورسٹی ہے جہاں ہماری زبان سکھائی جاتی ہے لیکن یہ خالص علمی مسئلہ ہے اس میں آپ ہمیں تردد کی کیا ضرورت؟''

بولے، آپ نہیں سمجھتے۔ بات یہ ہے کہ پیکنگ میں بیروں کو معلوم تھا کہ صبح چار بجے اُٹھ کر میں چائے کے ساتھ دو انڈے اور تین چار توس کھاتا ہوں۔ وہ اس لیے کہ پھر میں ناشتہ دیر سے یعنی آٹھ سارھے آٹھ بجے کرتا ہوں لیکن یہاں کے بیروں کو یہ معمول کیسے سمجھاؤں۔ ترجمان بھی اس وقت موجود نہیں ۔''

ہم نے کہا،''وہ جو آپ نے پون سیر دودھ کا گلاس اپنے کمرے میں بھجوایا ہے اور سیبوں کی قاب بھی میں دیکھ آیا ہوں۔ ان کو کیا ہو گا؟''

فرمایا،''وہ تو میرا سوتے وقت کا ناشتا ہے، میں تو صبح کی بات کر رہا ہوں''۔

ہم نے کہا،''یہ سحری آپ ہمیشہ سے کھاتے آئے ہیں؟''

بولے،''گھر میں تو نہیں لیکن پیکنگ میں اس کی پابندی کرتا ہاہوں۔''

خان صاحب سیب بہت رغبت سے کھاتے تھے اور انگریزی کے اس مقالے کا ورد کرتے جاتے تھے کہ روزانہ ایک سیب کھاؤ، ڈاکٹر کو بھگاؤ۔ ہم نے کہا،''خان صاحب، چین میں تو خیر بہت ڈاکٹر ہیں اور یوں بھی یہاں ہماری نوبت چند روزہ ہے لیکن اپنے ملک میں اس ترکیب سے ڈاکٹروں کو رفع دفان کرنا شروع کیا تو مسئلہ پیدا ہو جائے گا۔''

ہمارے خان صاحب کے اتنے کھانے کا اثر یہ تھا کہ وہ ہفتے میں بمشکل دو روز صاحب فراش ہوتے تھے۔ ہمارے میزبان ہم پر ایسے مہربان تھے کہ ڈکٹر کا بندوبست فوراً کرتے تھے۔ ایک روز جب ڈاکٹر ان کا احوال پوچھ رہے تھا تو ہم بھی قریب ہی تھے۔ بس اتنی بھنک کان میں پڑی:''اور بھوک ہے۔''

''بس بھوک ہی تو کمزور ہو گئی ہے۔'' خان صاحب نے کنکھیوں سے ہماری طرف دیکھتے ہوئے سرگوشی میں کہا۔

ایک تھے مسٹر دنگا

☆ کنہیا لال کپور

ایک تھے مسٹر دنگا۔ ان کا کام ہر شخص سے دنگا کرنا تھا۔ وجہ یہ تھی کہ وہ اپنے سب ہم جماعتوں سے جلتے تھے۔ خاص طور پر دیپک اُنھیں ایک آنکھ نہ بھاتا تھا۔ کیوں کہ ایک لائق طالب علم ہونے کے علاوہ وہ تقریر کرنے کے فن میں بھی مہارت رکھتا تھا۔ ایک دن جب دیپک کی تقریر پر خوب واہ واہ ہوئی تو مسٹر دنگا کو بہت صدمہ ہوا۔ اُنھوں نے دیپک سے کہا، ''تم لوگوں نے خواہ مخواہ آسمان پر چڑھا دیا ہے۔ میں تم سے بہتر تقریر کر سکتا ہوں۔''

دیپک بولا، ''اگلے سنیچر کو تقریروں کا مقابلہ ہو رہا ہے، موضوع ہے 'ہمارا ملک' تم بڑے شوق سے اس میں حصہ لے سکتے ہو اور مجھ سے بہتر تقریر کر کے مجھے مات دے سکتے ہو۔''

مسٹر دنگا نے بڑے رعب سے کہا، ''مجھے تمھارا چیلنج منظور ہے۔''

اگلے سنیچر کو جب تقریروں کا مقابلہ ہوا تو مسٹر دنگا کو سب سے پہلے اسٹیج پر آنے کے لیے کہا گیا۔ وہ بڑے ٹھسّے سے چلتے ہوئے اسٹیج پر آئے اور مائیک کے سامنے کھڑے ہو گئے۔ تقریر

کرنے کا اُن کے لیے یہ پہلا موقع تھا۔ سننے والوں کے ہجوم کو دیکھ کر گھبرا گئے۔ ایک آدھ بار کھانسنے کے بعد انھوں نے اپنی تقریر شروع کی:

"بھائیو، صاحب صدر اور بہنو!

براعظم ایشیا ہندوستان میں واقع ہے۔ معاف کیجیے، ہندوستان براعظم ایشیا میں واقع ہے۔ اس کی آبادی پچپن لاکھ اور کچھ کروڑ ہے۔ دوبارہ معاف کیجیے، پچپن کروڑ اور کچھ لاکھ ہے۔ ہندوستان میں سب مذہبوں کے لوگ رہتے ہیں۔ ہندو مسلمان اور…اور…اور بھی بہت سے لوگ ہیں۔ یہ سب آپس میں بھائی بہن ہیں۔ میرا مطلب ہے بھائی بھائی ہیں۔ ہندوستان سب کا ملک ہے۔ اقبال نے کیا خوب کہا ہے:

ہم بلبلیں ہیں اس کی یہ گھونسلہ ہمارا

ایک بار پھر معاف کیجیے۔ اقبال نے گھونسلہ نہیں کہا تھا، کچھ اور کہا تھا۔ وہ مجھے اس وقت یاد نہیں آرہا ہے۔ ایک ہم سب ہیں، یعنی ہم سب ایک ہیں۔ ہمیں چاہیے کہ اپنے ملک کی خدمت کریں۔ ایک شاعری نے کہا ہے، ہاں اُس نے کہا ہے کہ…افسوس میں وہ شعر بھول گیا۔ بڑا اچھا شاعر تھا۔ نہیں بڑا اچھا شعر تھا۔ خیر آپ میرا مطلب سمجھ گئے ہوں گے۔ میں عرض کر رہا تھا کہ ہم سب ہندوستانی ہیں۔ ہمیں ایک بات کبھی نہیں بھولنا چاہیے کہ ہم سب ہندوستانی ہیں اور ہمارا ملک…ہمارا ملک ہے۔ ہمارا ملک ہے۔ جو ہمارا سپاہی ہے یعنی جس کے ہم سپاہی ہیں۔ آؤ ہم سب وعدہ کریں، نہیں عہد کریں کہ ہم اپنے ملک کی عظمت کو چار ستارے، نہیں نہیں چار چاند لگا دیں گے اور اس کی خاطر آخری قطرے کا خون بہا دیں گے۔ جو ملک اس کی طرف بری نگاہ سے دیکھے گا، ہم اُس کی آنکھ…اس کی آنکھ پر پٹی باندھ دیں گے۔"

مسٹر دنگا کی اس تقریر پر لوگ ہنس ہنس کر بے حال ہو گئے ۔ ایسا معلوم ہوتا تھا کہ ہال میں چاروں طرف ہنسی کے فوارے چھوٹ رہے ہیں ۔ مسٹر دنگا نے ذرا جھنجلا کر کہا،''آپ ہنس رہے ہیں ۔ یہ ہنسنے کا مقام نہیں، یہ رونے کا مقام نہیں ۔۔۔وہ وقت جلد آ رہا ہے جب آپ محسوس کریں گے کہ آپ کو اپنی اس حرکت پر فخر کرنا۔۔۔ یعنی شرمندہ ہونا چاہیے۔ میں بہت کچھ کہنا چاہتا تھا لیکن اب کچھ نہیں کہوں گا۔ میں صرف اتنا کہوں گا کہ مجھے کچھ نہیں کہنا۔''

سننے والوں کے قہقہوں سے ہال میں ایک بار پھر گونج اٹھا اور مسٹر دنگا بغلیں جھانکنے لگے ۔

اس کے بعد دیپک کی باری تھی ۔ اس نے بڑے موزوں الفاظ میں تقریر کی اور سننے والوں پر جادو سا کر دیا ۔ جب اس کی تقریر ختم ہوئی تو انھوں نے بڑے جوش سے تالیاں پیٹ کر داد دی ۔

مسٹر دنگا جل بھن کر کباب ہو گئے ۔ انھوں نے کچھ لڑکوں سے مشورہ کیا کہ آخر ان کی تقریر میں کیا کمی تھی، کہ اُنھیں داد نہ ملی ۔ لڑکوں نے اُسے بناتے ہوئے کہا،''تقریر تو بہت اچھی تھی لیکن تم کچھ گھبرا گئے تھے ۔ آئندہ جب تقریر کرو ذرا ہوش و حواس ٹھکانے رکھو۔''

''اتنے بڑے مجمع کے سامنے ہوش و حواس کیسے ٹھکانے رکھے جا سکتے ہیں؟''مسٹر دنگا نے پوچھا۔

''یہ تو بلکل آسان ہے ۔''ایک لڑکے نے لقمہ دیا،''جب تم اسٹیج پر کھڑے ہو جاؤ تو سمجھو کہ تم سب سے زیادہ عقل مند ہو اور سننے والے سب کے سب بے وقوف ہیں ۔ انھیں کسی چیز کا علم نہیں اور تم انھیں ایسی دلچسپ باتیں بتا رہے ہو جن کا ان کے فرشتوں کو بھی کبھی پتہ نہیں ۔ ہو سکے تو تقریر کا آغاز کسی اچھے شعر سے کرو اور ایک لطیفے جن کا موضوع سے تعلق ہو، سننے والوں کو سناؤ۔''

مسٹر ڈنگانے اس رائے سے اتفاق کرتے ہوئے کہا،"آئندہ ایسا ہی کروں گا۔"

پندرہ دن کے بعد تقریروں کا ایک اور مقابلہ ہوا، موضوع تھا،"زندگی ہے یا کوئی طوفان ہے۔"

مسٹر ڈنگا نے اپنی تقریر کا آغاز کرتے ہوئے یہ شعر پڑھا۔

زندگی زندہ دلی کا نام ہے

زندہ دل خاک جیا کرتے ہیں

سننے والوں میں سے کسی نے بلند آواز میں کہا،'زندہ دل نہیں مردہ دل ۔'

مسٹر ڈنگا نے اُسے ڈانٹتے ہوئے کہا،"آپ چپ رہیں جی۔ نہیں تو میرے خیالات کا سلسلہ درہم برہم ہو جائے گا۔ خواتین و حضرات! آپ یاد رکھیے، اس وقت میں ایک دانش مند یعنی دانش ور ہوں۔ آپ سب جاہل ہیں، بے وقوف ہیں، نالائق ہیں۔ میں آپ کو ایسے نکتے بتا سکتا ہوں جن کا علم آپ کے فرشتوں کو بھی نہیں۔ آپ مجھے کیا سمجھتے ہیں؟ آپ اپنے کو کیا سمجھتے ہیں؟ اچھا ایک لطیفہ سنیے، ایک شہری نے ایک دیہاتی سے پوچھا،'یہ سڑک کہاں جاتی ہے؟' دیہاتی نے جواب دیا،'کہیں بھی نہیں۔ ہر روز یہیں کھڑی رہتی ہے۔'اس لیے جناب زندگی بہت عجیب ہے۔ طوفان زندگی سے بھی عجیب ہوتا ہے۔ ایک اور لطیفہ سنیے، حیات اللہ سے ماسٹر صاحب نے پوچھا،'سومنات کا مندر کہاں ہے؟' حیات اللہ نے جواب دیا،'جسے آپ مندر کہہ رہے ہیں وہ تو میرے جگری دوست کا نام ہے۔'اس لطیفے کا موضوع کے ساتھ بڑا گہرا تعلق ہے، کیونکہ حیات کے معنی زندگی ہیں اور موضوع ہے: زندگی ہے یا کوئی طوفان ہے۔"

مسٹر دنگا کی تقریر پر سننے والے کھلکھلا کر ہنسے اور ان پر گھڑوں پانی پڑ گیا۔ اس دن جب وہ گھر لوٹے تو بہت اداس تھے۔ ان کی سمجھ میں یہ بات کسی طرح نہیں آتی تھی کہ لوگ اُن کی تقریر کا مذاق کیوں اڑاتے ہی؟ وہ اس مسئلے پر سوچ ہی رہے تھے کہ اچانک اُن کے کام میں دو پڑوسنوں کے آپس میں لڑنے کی آواز پڑی۔

ان میں سے ایک کہہ رہی تھی۔ ''اے بہن، ہم سے بلاوجہ کیوں جلتی ہو۔ ہمارا تو کچھ نہیں بگڑے گا۔ تم خود حَسد کی آگ میں جل کر راکھ ہو جاؤ گی۔ ہماری مانو تو حسد کرنے کی بجائے اپنے میں وہ خوبیاں پیدا کرو جن کی وجہ سے تمھیں ہم سے جلن ہوتی ہے۔''

خدا جانے اس نصیحت کا دوسری پڑوسن پر کچھ اثر ہوا یا نہیں مگر مسٹر دنگا نے اس دن سے دوسروں سے حسد کرنا چھوڑ دیا۔

◯■◯

ہرامور اور لال مور

☆ حیات اللہ انصاری

جنگل میں ایک اسکول تھا۔ وہاں دو مور پڑھتے تھے۔ ہرامور اور لال مور۔ دونوں بڑے خوبصورت تھے۔

اسکول میں طوطا، مینا، کوّا اور جگنو بھی پڑھتے تھے۔ لال مور کی ان سب سے دوستی تھی۔ جب اسکول میں چھٹی ہو جاتی تو یہ پانچوں چھلّی چھلیا کھیلتے۔

لال مور کا کوئی دوست اگر بیمار پڑ جاتا تو وہ اس کے گھر جاتا اور اپنا ناچ دکھا کر اس کا جی ایسا بہلاتا کہ وہ اچھا ہو جاتا۔

ہرے مور سے کسی سے دوستی نہیں تھی۔ نہ تو وہ اپنے ساتھیوں کے ساتھ چھلی چھلیا کھیلتا اور نہ کسی بیمار کے گھر آتا جاتا۔

ایک دن سب چڑیوں نے ہرے مور سے کہا، ''آج تو تم کو بھی کھیلنا پڑے گا۔'' بہت کہنے سننے سے وہ راضی ہو گیا۔

کھیل ہونے لگا۔ تھوڑی دیر میں ہر مور چور بن گیا۔ داؤں جو دینا پڑی تو یہ دل ہی دل

میں بہت بگڑا۔ کہیں مینا کا پاؤں اس کی دم پر پڑ گیا۔ بس پھر تو وہ بگولا ہو گیا۔ لگا مینا تو اندھا اور بدتمیز کہنے اور دوڑا مارنے۔ سب نے بڑی بڑی مشکل سے اس کو روکا۔ وہ خفا ہو کر چلا گیا۔ اس دن سے ہرا مور بلکل الگ تھلگ رہنے لگا۔

تھوڑے دنوں بعد لال مور، ہرا مور، طوطا، مینا، کوا اور جگنو سب پڑھ لکھ کر اسکول سے چلے گئے اور اپنے اپنے کاموں میں لگ گئے۔

ہرے مور اور لال مور کے بڑی بھاری بھاری چمکدار دُم میں نکل آئیں۔ وہ خوب ناچنے لگے اور باغوں میں گھومنے لگے۔

ایک دن ہرے مور اور لال مور دونوں نے باغ میں مورنی کو دیکھا۔ اس کی بڑی بڑی آنکھیں تھیں۔ نازک چونچ تھی۔ پَر ملائم ملائم تھے۔ دیکھتے ہی دونوں کی طبیعت آ گئی۔

ہرے مور نے مورنی سے کہا،''مورنی! مورنی! ہم سے شادی کرلو۔''

لال مور نے مورنی سے کہا،''مورنی! مورنی! ہم سے شادی کرلو۔''

پھر دونوں نے مورنی کو اپنا اپنا ناچ دکھایا۔

مورنی نے دیکھا دونوں مور بہت خوبصورت ہیں اور دونوں بہت اچھا ناچتے ہیں۔ وہ بڑی چکرائی کی میں کس سے شادی کروں اور کس سے نہ کروں۔ کہنے لگی ''جاؤ، میں تم دونوں کا امتحان لوں گی، جو اس میں پورا اترا اسی کے ساتھ شادی کروں گی۔''

مورنی کی ایک سہیلی تھی۔ چوہیا! وہ شہر میں رہتی تھی۔ مورنی نے اس کو بلا بھیجا۔ جب وہ آئی تو مورنی نے اس سے کہا،''ارے بہن چوہیا، تم تو آدمیوں میں رہتی ہو۔ ان کی باتیں جانتی ہو۔ تب جانوں کوئی ایسی تدبیر کرو جس سے یہ پتا چل جائے کہ لال مور اچھا ہے یا ہرا مور۔''

چوہیا نے جواب دیا،''سہیلی تم ذرا بھی فکر نہ کرو۔ میں ایسی تدبیر کرتی ہوں، تمھیں ساری

دنیا کو پتا چل جائے کہ کون مور اچھا ہے۔"

جب آدھی رات اِدھر، آدھی رات اُدھر ہوئی اور سارا سنسار سو گیا تب چوہیا کالا کمبل اوڑھ کر نکلی۔ دبے پاؤں ہرے مور کے گھونسلے میں آئی۔ دیکھا کہ وہ پڑا بے خبر سو رہا ہے۔ یہ چپکے چپکے اس کے پر کترنے لگی۔

ہرا مور سوتے کا سوتا رہ گیا اور چوہیا اس کی دم اور بدن بھر کے پر کاٹ کر چلتی بنی۔ پَر جو کٹ گئے تو مور اندر سے لال لال گوشت کا ایسا نکل آیا۔

صبح ہرے مور کی آنکھ کھلی تو دیکھا کہ میں بلکل رنڈ منڈ ہوں۔ وہ بہت گھبرایا کہ اب کیا کروں۔ کوئی دوست تو اس کا تھا ہی نہیں جو کوئی راہ بتاتا۔ وہ گھونسلے میں اکیلا پڑا رہا۔

ہرے مور کے پنکھ کٹ گئے تھے۔ اس لیے آج دانا چگنے بھی نہیں جا سکتا۔ جب سارا دن بیت گیا اور بھوک پیاس سے بری حالت ہوگئی تب کسی نہ کسی طرح پیڑ سے نیچے اترا اور کھیت کی طرف چلا۔

راستے میں اسے بطخیں اور مرغیاں ملیں جو ہرے مور کو، اس کی حالت میں دیکھ کر ہنسنے لگیں۔ "فر افر، فر افر ا کیسی بے شرم چڑیا ہے۔ اپنے پر اتارے بازار میں ننگی گھوم رہی ہے۔" مرغیاں کہنے لگیں، "کٹا کٹ، کٹا کٹ! مارو تو اس ننگ دھڑنگ کو۔"

چوزوں نے جو دیکھا تو لگے تالیاں بجا بجا کر چڑھانے، "دُم کٹ گئی، پَر جھڑ گئے پھرتے ہیں لنڈورے، ہے ہے میاں چرکٹ! ہے ہے میاں چرکٹ!!"

یہ سن کر ہرا مور بہت بگڑا اور دوڑا چوزوں کو مارنے۔ جس چوزے کی طرف جاتا وہ بھاگتا اور سب پیچھے سے چلانے لگتے، "دُم کٹ گئی، پَر جھڑ گئے، پھرتے ہیں لنڈورے ہے ہے میاں چرکٹ! ہے ہے میاں چرکٹ!!"

کہیں گشت لگاتے ہوا ادھر آ نکلے سپاہی بلّے۔ انھوں نے جو دیکھا مور کو سمجھے کہ بوٹی ہے۔ پھر تو وہ اس پر جھپٹ پڑے اور یہ بھاگا اپنی جان لے کر۔

سپاہی بلّے چلانے لگے،’’ارے بوٹی بھاگی جارہی ہے! ارے بوٹی بھاگی جارہی ہے!‘‘

ہرے مور نے بھاگ کر بڑی مشکل سے اپنی جان بچائی۔ اور بلّوں کے ڈر سے دبکتا پھرنے لگا۔ آخر جب بھوک پیاس سے مرنے لگا اور بہت عاجز آگیا تو ایک گدھ کے دروازے جا کر کہنے لگا:

’’اے بھائی تو مجھے کھا لے۔‘‘

چمر گدھ کو اس پر ترس آگیا،’’ہرا مور وہیں دن گزارنے لگا۔ اس کا دیا ہوا سڑا ہوا گوشت کھاتا، سنڈ اس کا پانی پیتا اور غلاموں کی طرح اس کا کام کرتا رہتا۔

دوسری رات چوہیا نے لال مور کے پَر بھی کاٹ ڈالے۔ لال مور نے جب دیکھا کہ میرے سب پَر غائب ہیں تو رونے لگا کہ بھلا اب مورنی میرے ساتھ شادی کیوں کرنے لگی؟

مینا اور کوّا اس دن جو اپنے دوست سے ملنے آئے تو ان کو اس کی مصیبت کا پتا چلا۔ وہ دونوں اسے سمجھانے لگے کہ ایسی بیماریاں آتی رہتی ہیں۔ گھبراؤ نہیں، کوئی راہ نکل ہی آئے گی۔

مینا جا کہیں سے دانے بوٹ لائی کوّا ایک چپاتی اڑا لایا۔ پھر تینوں نے مزے سے بیٹھ کر کھانا کھایا اور آپس میں ایسی ہنسی کی باتیں ہوئیں کہ لال مور اپنی مصیبت بھول گیا۔ جب تینوں کھا پی چکے اور لال مور کی ڈھارس بندھ گئی تب مینا، کوّا بیٹھ کر سوچنے لگے کہ کیا کیا جائے، جو لال مور کے پَر پھر نکل آئیں۔

کوّے نے کہا،’’حکیم کی دوا سے پَر نکل سکتے ہیں مگر اس کے گھر کا راستہ بہت مشکل ہے۔

راہ میں دو بڑے بھیانک میدان پڑتے ہیں۔ پیلا میدان اور کالا میدان۔ پیلے میدان میں

رات کو اولے پڑتے ہیں اور کالے میں دن کو۔ اس لیے پیلا میدان دن بھر میں پار کر لینا ہوگا نہیں تو اولوں سے سر پھٹ جائے گا۔ پھر بنا دم لیے رات بھر میں کالا میدان پار کرنا ہوگا۔''

مور نے کہا،''میں پیدل بڑا تیز بھاگ سکتا ہوں۔ پار کروں گا۔''

کوّے نے کہا،''ایک مشکل اور ہے۔ زمین پر ایک بڑا بھاری سانپ رہتا ہے جو پیدل جانے والوں کو نگل جاتا ہے۔''

لال مور نے کہا،''میں تو جاؤں گا۔ سانپ نگل جائے، نگل جائے۔ مورنی کے بغیر جینے سے مرنا اچھا ہے۔''

مینا بولی،''بھائی کوّے، چلو ہم دونوں بھی لال مور کے ساتھ ساتھ چلیں۔ جہاں سانپ نکلا میں تم کو بتا دوں گی۔ پھر دونوں مل کر اس کو مار ڈالیں گے۔''

تینوں نے دوسرے دن چلنے کی ٹھان لی۔ اس دن لال مور، کوّا اور مینا بھی حکیم کے گھر کو چلے۔ لال مور نیچے نیچے بھاگ رہا تھا اور کوّا اور مینا اسی کے اوپر اوپر اڑ رہے تھے۔

سانپ ایک جھاڑی میں بیٹھا تھا کہ اس کو لال مور نظر آیا۔ اس نے کہا،''آہا! کیسی اچھی بوٹی بھاگی جا رہی ہے۔ میں ابھی اس کو کھاتا ہوں۔''

سانپ لال مور پر جھپٹا لیکن اس کو اُس کی سخت سزا ملی۔

مینا نے ٹیں ٹیں کر کے کوّے کو خبر دی کہ سانپ آ رہا ہے۔ کوّے نے پیچھے سے آ کر ایک چونچ سانپ کی دُم پر ماری۔ سانپ جو پلٹا کوّے کی طرف تو مینا نے پھر پیچھے سے ایک چونچ رسید کی اس کی دُم پر۔ پھر دونوں نے مل کر سانپ کو اتنی چونچے ماریں کہ اس کا پکھو مر نکل گیا اور وہ مر گیا۔

سانپ کو مار کر پھر تینوں اپنی منزل کی طرف چل کھڑے ہوئے اور سورج ڈوبتے ڈوبتے

پیلا میدان پار ہوگی اور کالا میدان آگیا۔

ایک تو میدان کالا، اس پر رات کا اندھیرا۔ لال مور گھبرا کر کہنے لگا،''بہن مینا اور بھائی کوّے مجھے تو راستہ نہیں سوجھتا۔''

مینا بولی،''بھیا گھبراؤ نہیں، وہ سامنے جو روشنی دکھائی دے رہی ہے، یہ میاں جگنو کا گھر ہے۔ چلو ان سے کہیں کہ ہم کو روشنی دکھا دیں۔''

تینوں پہنچے جگنو کے گھر۔ اس نے ان تینوں کی بڑی خاطر کی۔ چائے پلائی، کھانا کھلایا اور پھر روشنی دکھانے چل کھڑے ہوئے۔

کالا میدان سائیں سائیں کر رہا تھا۔ ہر طرف بھیانک اندھیرا چھایا ہوا تھا، اس میں آگے آگے میاں جگنو روشنی دکھا رہے تھے، پیچھے زمین پر لال مور بھاگ رہا تھا اور اس کے اوپر مینا اور کوّا اڑ رہے تھے۔

چاروں بھاگتے رہے۔ جیسے جیسے صبح قریب آتی جاتی مینا اور کوّا جگنو سے کہتے،''بھائی جگنو، اور تیز...اور تیز...نہیں تو اگر صبح ہوگئی تو اولے پڑنے لگیں گے اور ہم لوگوں کا سر پھٹ جائے گا۔'' میاں جگنو کہتے،''ہم تھکے جا رہے ہیں۔ اتنا تیز نہیں چل سکتے۔''

مینا اور کوّا کہتے،''بھائی ذرا ہمت سے کام لو اور ہمارا کام بنا جاتا ہے۔''

صبح ہوتے ہوتے کالا میدان بھی پار ہوگیا۔ لال مور نے حکیم کے دروازے پر پہنچ کر کہا، ''میں آؤں؟ میں آؤں؟''

اندر سے حکیم صاحب کا کتّا نکلا۔ اس نے کہا،''بھاگ! بھاگ! میں تجھے اندر نہیں گھسنے دوں گا، تیرے پر نہیں ہیں، تو کوڑھی ہے۔''

یہ کہہ کر کتّا بھونکنے لگا،''بھوں، بھوں، بھوں!''

اتنے میں کسی نے اوپر سے کہا،''بھائی لال مور! تم کہاں؟''

اوپر ایک پنجرے میں طوطے مٹھو میاں بنے بیٹھے تھے۔ لال مور نے ان کو اپنی بپتا کہہ سنائی۔

طوطا بولا،''بھائی لال مور، گھبراؤ نہیں، میں آدمی کی بولی جانتا ہوں۔ ابھی حکیم صاحب سے دوا دلوا تا ہوں۔''

طوطے نے 'دت، دت' کرکے کتّے کو بھگا دیا۔ جب حکیم صاحب باہر آئے تو طوطے نے لال مور کو دوا دلوا دی۔ دوا کھاتے ہی لال مور کے پَر اور دُم نکل آئی۔ اب وہ پہلے سے زیادہ خوبصورت اور چمکدار ہوگیا۔''

لال مور کے اچھے ہونے کی مینا، کوّا، جگنو اور طوطے چاروں نے بڑی خوشی منائی۔ پھر مینا، کوّا، جگنو اور لال مور طوطے سے چھٹی لے کر جنگل آئے۔

مورنی نے لال مور کا سارا قصہ جو سنا وہ بھی اس پر عاشق ہوگئی۔ دل میں چوہیا کے امتحان کی تعریف کرنے لگی، جس سے صاف پتا چل گیا کہ کون مورا چھا تھا کون برا۔''

پھر بڑی دھوم دھام سے لال مور اور مورنی کی شادی ہوگئی۔

غلط لڑکی

☆ عصمت چغتائی

عائشہ بی کے زور زور سے رونے کی آواز سے سارا محلّہ گونج رہا تھا۔ عورتیں، لڑکیاں بسورتی، آنچل سے ناک پونچھتی گھر سے نکل رہی تھیں۔ عائشہ بی جب بھی سسرال جانے لگی، یوں ہی فیل مچاتی۔ جس دن وہ شادی کے بعد رخصت ہوئی تھی محلّے میں اس سے بھی زیادہ زور کا ماتم ہوا تھا۔

یوں تو سب ہی لڑکیاں سسرال جاتے وقت روتی ہیں۔ مگر عائشہ بی کی اور ہی بات ہے۔ اس کی سسرال لاہور میں ہے۔ اُسے لاہور سے بڑی محبت ہے، وہاں اُس کا گھر بار ہے، میاں اور بچے ہیں۔ اگر دو مہینے کے لیے آتی ہے تو آٹھ دن بعد سے ان کی باتیں شروع کر دیتی ہے۔ مہینہ بھر بھی رہنا دوبھر ہو جاتا ہے اور وہ بلبلا کر بھاگتی ہے۔ پھر بھی جاتے وقت بے تحاشا روتی ہے اور سب کو رُلاتی ہے۔ روکو تو کبھی نہیں رُکے گی، پھر بھی جاتے وقت جی جان

سے رو کر بے حال ہو جاتی ہے۔ عجیب دیوانی لڑکی ہے۔ کبھی تو اس کی اس حرکت سے جی جل اُٹھتا ہے۔ نیک بخت لاہور میں تیری دنیا ہے تو یہاں مرنے کیوں آتی ہے؟ اور اگر یہاں آ گرہ میں تیرا نال گرا ہے اور اس کے در و دیوار پہ توفد اہے تو کون تجھے بھگا تا ہے؟ ایک جگہ چین سے کیوں نہیں بیٹھتی؟ ۔ شاہ جی گردن ہلاتے ہیں اور کہتے ہیں "یہ ایک بڑا گہرا راز ہے۔"

ایک دن بھگوان نے بڑے سلجھے ہوئے موڈ میں ایک بڑی سندر سی سپتری بنائی اور اپنے سب سے سمجھ دار اور پھر تیلے دُوت کو حکم دیا "جاؤ اسے پنڈت ودیا ناتھ کی استری کی گود میں ڈال آؤ۔ بے چاری کے تمہاری بھول چوک سے قریب آدھی درجن لڑکے پیدا ہو چکے ہیں ۔ وہ بے چاری ایک بیٹی کے ارمان میں گھلی جا رہی ہے۔ دن رات پرارتھنا کر کے میری جان کھاتی ہے۔"

دُوت مہاراج ذرا سو کر اُٹھے تھے ۔ کچھ اونگھ ابھی باقی تھی۔ جماہی کو مٹھی میں دبا کر کورنش بجالائے، اور بھگوان کی اگیا پوری کرنے تُرنت روانہ ہو گئے ۔

اتفاق کی بات دیکھئے، اُسی وقت اللہ تعالیٰ نے بھی اپنے ایک نہایت ہوشیار اور تیز رفتار فرشتے کو بلا کر فرمایا، محمد عاقل کی بیوی کی دعاؤں سے آخر آج ہمارا دل نرم ہو ہی گیا۔ اس کے کئی بیٹے ہو چکے ہیں ۔ ایک عدد دخترِ نیک اختر کا ارمان ہے ۔ لہذا ہر دم ہمارے حضور میں سجدہ کیے دعا مانگا کرتی ہے کہ اے پاک پرورد گار، بس ایک بیٹی عطا فرما۔ اس کی دعاؤں نے ہمیں بہت عاجز کر رکھا ہے ۔ لہذا تم جاؤ اور یہ بیٹی اس کی آغوش میں پہنچا دو ۔"

یہ بھی شاید اتفاق ہی تھا، یا آسمانی فضا کا کرشمہ کہ فرشتہ رحمت کو ایک عدد جماہی آ گئی، مگر

انہوں نے جلدی سے سرخم کیا اور تعمیلِ حکم کے لیے تیز رفتاری سے روانہ ہو گئے۔

وقت وقت کی بات ہوتی ہے۔ اِدھر آ کاش سے بھگوان کے دُوت نے قدم بڑھائے، اُدھر سے فرشتۂ رحمت ڈبل چال چلے۔ راستے میں ایک عدد ستارہ دندناتا ہوا چلا جا رہا تھا۔

’’ہے بھگوان!‘‘ دُوت نے کاوا کاٹا۔

’’یا خدا!‘‘ فرشتۂ رحمت کے مونہہ سے نکلا اور وہ طرح دے کر نکلنے ہی لگے تھے کہ دونوں میں ٹکر ہو گئی۔

’’اماں دیکھ کر نہیں چلتے؟‘‘ فرشتۂ رحمت بڑبڑائے۔

’’اور تم اپنی آنکھیں کیا جیب میں ڈال کر چلے تھے؟‘‘ دُوت بھی بگڑ کھڑے ہوئے۔ دونوں کی جب بھی راستے میں مڈبھیڑ ہو جایا کرتی، یوں ہی ایک دوسرے پر چوٹیں کرنے لگتے تھے۔ جیب کے طعنے پر دُوت کو فوراً اپنی جیب یاد آ گئی جہاں ایک عدد پتری پڑی ہوئی تھی۔ جی سَن سے ہو گیا۔ جیب خالی تھی۔ اِس طوفانی ٹکر میں نہ جانے کدھر پھیل گئی۔ بوکھلا کر چاروں طرف ہاتھ گھمانے لگے۔

’’کیا ڈھونڈ رہے ہو؟‘‘ فرشتۂ رحمت نے پوچھا۔

’’پتری ۔۔۔ نہ جانے کہاں سَرک گئی۔ آ کاش دُوت بولے۔

’’تمہارا لا اُبالی پن قیامت تک نہ جائے گا۔ میاں چیز سنبھال کر رکھنا چاہیے۔‘‘ فرشتۂ رحمت مُسکرائے۔

’’بھلے آدمی، یہ وقت بھیجا چاٹنے کا نہیں۔ کچھ مدد کر سکتے ہو تو کرو۔ بھائی ذرا دیکھو تو، کدھر

گئی۔‘‘

’’جائے گی کہاں؟ یہیں کہیں ہو گی۔‘‘

دونوں تلاش میں جُٹ گئے۔ تاروں کی اور دی اودی روشنی میں کچھ ٹھیک طرح دکھائی بھی نہیں دے رہا تھا۔ دونوں ڈھونڈ ڈھونڈ کر ہلکان ہو گئے۔

’’بھئی، اپن تو چلتے ہیں دوست۔ دیر ہو رہی ہے۔‘‘ فرشتۂ رحمت نے یوں ہی احتیاطاً جیب پر ہاتھ رکھا تو پیروں تلے سے آسمان کھسک گیا۔

’’گئے کام سے دوست!‘‘ فرشتۂ رحمت نے نعرہ لگایا۔

’’کیا ہوا؟‘‘

’’قیامت ہو گئی! میری جیب میں ایک سوراخ تھا۔ دختر ٹپک گئی۔

’’بڑے بول کا سر نیچا۔ ہمیں اللہ نادے رہے تھے۔ اب اپنی خیر مناؤ۔‘‘

’’بڑی بری بیتے گی۔‘‘

’’سے برباد کرنے سے کیا فائدہ؟ چلو یار مل کر ڈھونڈیں جائیں گی کہاں کم بختیں۔ یہیں ہوں گی۔‘‘

دونوں چاروں طرف آنکھیں پھاڑ پھاڑ کر دیکھنے لگے۔ دونوں نے اپنے اپنے مالک کی دہائی دی۔ قسمت اچھی تھی کہ دھند لکے میں ایک جگنو سا ٹمٹما تا نظر آیا۔ دونوں بڑی تیزی سے جھپٹے۔ بے چاری کے چیتھڑے ہوتے ہوتے بچے۔ دونوں لڑنے لگے۔

’’اماں ہوش میں رہو، یہ میری والی ہے۔‘‘

”نہیں جی، یہ صاف میری والی ہے۔“

”ارے!“ ایک دَم فرشتۂ رحمت اُچھل پڑے۔ ”اماں، یہ تو دونوں ایک دوسرے سے چپک گئی ہیں۔“

دونوں واقعی ایک دوسرے سے چپکی زار و قطار رو رہی تھیں۔ بہت کوشش کی، مگر وہ کسی طرح ایک دوسرے کو چھوڑنے پر تیار نہیں ہوئیں۔ بہتر پھسلا یا، چمکارا، رسان رسان الگ کیا، تب کہیں جا کر الگ ہوئیں۔

پَر پھر پھڑ پھڑا کر بجلی کی تیز رفتاری سے دونوں زمین کی طرف لپکے۔ وقت کم تھا۔

”رسیدہ بُود بلائے ولے بخیر گذشت۔“ فرشتۂ رحمت نے آستین سے پسینہ پونچھا۔

”ہاں بھائی، جان بچی لاکھوں پائے ۔۔۔ آج لو اِن بدذات چھوکریوں نے کروڑوں برس کے کیے دھرے پر پانی پھیر دیا ہوتا۔“

رات کے تین بجے ہوں گے۔ دونوں بچیوں کی مائیں تڑپ رہی تھیں۔ پنڈت ودّیاناتھ مندر کی سیڑھیوں پر ماتھا رگڑ رہے تھے۔ محمد عاقل مسجد کی سیڑھیوں پر سجدے میں پڑے تھے کہ دونوں کے گھر سے ٹوانبجنے کی خبر آئی۔ دونوں بوکھلا کر دوڑے اور ایک دوسرے سے اندھیرے میں ٹکرا گئے۔ کوئی اور وقت ہوتا تو اتنی بات پر ہندو مُسلم فساد ہو جاتا۔ مگر اس وقت دونوں بوکھلائے ہوئے تھے، اس لیے ایک دوسرے کو اٹھانے لگے۔

دونوں بچیوں کی مائیں خوشی سے پھولی نہیں سماتی تھیں۔ سارا محلّہ ان دونوں کی خوشی میں شریک ہنس رہا تھا۔ خوب مٹھائیاں بنیں، خوب گانے بجائے ہوئے۔

پنڈت ویانا تھ نے پوتھی کھلوائی اور اپنی سپتری کا نام آشا دیوی رکھا۔ محمد عاقل نے بھی بسم اللہ کر کے قرآن کھولا۔ نام عائشہ نکلا۔

آشا دیوی کا بڑی دھوم دھام سے موندن ہوا، اور عائشہ بانو کا عقیقہ۔ مگر ان کے ناموں میں ہمیشہ گھپلا ہو جاتا تھا۔ آشا کو پکارو تو عائشہ جواب دیتی تھی اور عائشہ کو بلا و تو آشا دوڑی آتی تھی۔ لوگ خوب ہنستے تھے۔

تب شاہ جی سر ہلا کر مسکراتے اور کہتے ''کسی کو پتہ نہیں فرشتہ رحمت اور آ کاش دوت کی چھین جھپٹ میں لڑکیاں بدلی گئیں۔ کوئی پہچان تو تھی نہیں جو کسی کو پتہ چلتا۔ عائشہ بانو اصل میں پنڈت ویانا تھ کی سپتری تھی اور آشا محمد عاقل کی دختر نیک اختر تھی۔ قدرت نے دونوں کو ایک سا بنایا تھا۔ یہ تو دو جماہیاں لیتے ہوئے آسمانی کارندوں کی غفلت سے ساری گڑبڑ ہوگئی۔'' تب ہی تو دیوالی کے موقع پر عائشہ بانو دیے جلانے کی ضد کرتی تھی اور آشا عید کی سویوں پر جان دیتی تھی۔ عائشہ جب آشا کو گوٹے لگا گھرارا پہنے دیکھتی تو اس کے دل پر سانپ لوٹ جاتا اور آشا ضد کرتی کہ میں تو غرارہ پہنوں گی۔ سنتیوں کے باوجود آشا میلاد شریف کی محفل میں گھس بیٹھتی اور نیاز کی نگٹیاں لیے بغیر نہ ٹلتی۔ ادھر عائشہ مندر میں گھس جانے پر پٹا کرتی مگر پرشاد لیے بنا نہ ہٹتی۔

تب شاہ جی سر ہلا کر مسکراتے اور کہتے ''افسوس لڑکیاں تو گڑبڑ میں بدل گئی ہیں۔ ان کا کوئی قصور نہیں۔''

''میں اماں کی بیٹی نہیں، میں تو تمہاری بیٹی ہوں'' پنڈتائن سے وہ کہتی۔

اور آشا کو سزا ملتی اور اس کی اماں غصّہ میں اسے مارنے دوڑتیں تو عاقل کی بیوی اُسے چھپا لیتیں اور کہتیں ''نا بہن، میری بچی کو نہ مارو۔''

دونوں کے گھرانوں میں بڑا میل ملاپ تھا۔ ملک کا بٹوارہ ہو چکا تھا، مگر انہیں جیسے کچھ خبر ہی نہ تھی۔ اس محلّے کی اپنی الگ چھوٹی سی دنیا تھی، اپنے الگ چھوٹے چھوٹے غم اور خوشیاں تھیں۔

عائشہ کا ایک ماموں زاد بھائی تھا۔ بہت پیارا سا، ہنستا مسکراتا۔ چھٹیاں گزارنے لاہور سے آیا کرتا تھا۔ ایک دن عائشہ سے اس کی شادی ہو گئی۔ وہ اُسے بہت پسند کرتی تھی، مگر جب رخصت ہو کر جانے لگی تو اتنا روئی کہ بے ہوش ہو گئی۔ سارا محلّہ رو رو کر بے حال ہو گیا۔ عائشہ روتی پیٹتی لاہور چلی گئی۔ سب خوش تھے۔ بس ایک شاہ جی تھے کہ بیٹھے سر ہلاتے رہے، مسکراتے رہے اور بار بار کہتے رہے: ''غلط لڑکی چلی گئی۔''

ننّھی کلی

☆ آمنہ ابوالحسن

وہ ایک ننّھی کلی تھی۔ پورے باغ میں تمام پھولوں کے بیچ رہتی تھی ننّھی نازک!
دوسُرخ گلاب اس کے ماں باپ تھے اور وہ اکیلی کلی ان کی آنکھوں کا تارا۔ ایک دن
صبح کے وقت وہ اپنے معمول کے مطابق تمام پھولوں کے درمیان بیٹھی ہنس رہی تھی، ایک بھونرا
آیا۔ باری باری اس نے سب پھولوں کے چکر لگائے اور آخر میں ننّھی کلی کے پاس آ بیٹھا۔ کلی ڈر
گئی۔ وہ جھک کے اپنے ماں باپ کی خوبصورت پتّیوں میں چھپ گئی۔ بھونرا ہنس پڑا اور کہنے
لگا''ارے ننّھی نادان کلی، مجھ سے کیوں ڈرتی ہے باہر نکل آ۔ اس دنیا میں میرا کوئی دوست نہیں۔
آج سے ہم دونوں دوست بن جائیں گے۔ میں تیری حفاظت کروں گا۔''

کلی پتّیوں کے اوٹ سے باہر نکل آئی۔ دونوں دوست بن گئے۔ کچھ لمحے گزرے پھر
ایک تتلی آئی۔ رنگین اور خوبصورت تتلی۔ اس نے دور ایک کلی کو دیکھا جو ہنس ہنس کر بھونرے سے
باتیں کر رہی تھی وہ حیران رہ گئی اور اڑ کے پاس آئی۔

ننّھی کلی نے دیکھا اور ڈر گئی۔ اس نے بھونرے سے کہا،''دیکھو میرے دوست کہیں یہ

رنگین تتلی میرارس نہ چوس لے ۔"

بھونرا ہنس پڑا اور کہنے لگا، "ڈرو مت میری خوبصورت کلی۔ میں تمھاری حفاظت کروں گا۔"

جب تتلی قریب آئی تو بھونرے نے سلام کیا اور پوچھا، "کہو تتلی کہاں کے ارادے ہیں؟"

تتلی نے ہنس کر سلام کا جواب دیا اور کہنے لگی، "میں پرسوں سے اس باغ میں آئی ہوں لیکن آج تک میں نے اتنی خوبصورت کلی نہیں دیکھی۔ آج مدت کے بعد اس نازک کلی نے میرا من موہ لیا۔ نہ ڈرا اے پیاری کلی میں تجھے نقصان نہیں پہنچاؤں گی تو مجھے بھی اپنا دوست بنا لے۔"

کلی نے یہ جب میٹھی میٹھی باتیں سنیں تو پتّوں کی اوٹ سے باہر نکل آئی اور وہ تینوں دوست بن گئے۔

صبح صبح جب ٹھنڈی ٹھنڈی ہوا کلی کو گدگدا کر اٹھا اٹھا کر جگاتی اور شبنم اس کا منہ دھلاتی تو کلی کا چہرہ چمکنے لگتا۔ پھر بھونرا اٹھتا اور پھر تتلی تب تینوں مل کر سیر کرتے۔

کچھ دن یوں ہی گزرے۔ ایک دن انھیں باغ کے آخری کونے سے اچانک کسی کے گانے کی آواز آئی۔ میٹھی اور سریلی آواز! کلی چونک گئی اس نے اپنے دوستوں کو بھی وہ گیت سنایا۔ بھونرے نے کلی کو اپنی پیٹھ پر بٹھالیا اور اس میٹھے گیت کی تلاش میں نکلے۔ تتلی سندیسہ لائی اور انھیں ایک بلبل نظر آیا جو ایک خوبصورت گلاب پر بیٹھا گا رہا تھا۔ کلی کو دیکھ کر وہ ٹھٹکا۔ اس نے گانا بند کر دیا۔ اڑ کے کلی کے پاس آیا کلی ڈر گئی لیکن بلبل نے کہا، "اے میری ننھی شہزادی خوف نہ کھا۔ میں تجھے نقصان نہ پہنچاؤں گا۔ باغ میں واقعی تُو سب سے خوبصورت ہے۔ میں بہت خوش ہوں کہ تیری جیسی نازک اور خوبصورت کلی اس باغ میں ہے۔ آج تو کلی ہے لیکن کل تو ایک خوشنما پھول بن جائے گی تو مجھے مت بھولنا۔ میں تیری خوبصورتی کے گیت گاؤں گا اور سارا باغ جھوم جائے گا۔"

اس روز سے بلبل بھی کلی، بھونرے اور تتلی کا دوست بن گیا۔ چاروں دوست مزے سے رہنے لگے۔ کلی، بھونرا، تتلی اور بلبل کچھ دن اور بیتے۔ پھر ایک صبح جب بھونرا اٹھا تو کلی اپنی جگہ نہ تھی۔ اس نے تتلی کو اٹھایا۔ وہ رونے لگی۔ دونوں نے تلاش شروع کی لیکن کلی نہ ملی۔ پھر بلبل آیا۔ وہ یہ سن کر پریشان ہو گیا۔ اس نے اڑ اڑ کر باغ کا کونا کونا چھان مارا لیکن کلی کا پتہ نہ ملا۔ تینوں نے ایک ایک پھول سے پوچھا لیکن کوئی کلی کا پتہ نہ بتا سکا۔ آخر کار ایک ننھا پودا جو کلی کے پاس ہی رہتا تھا کہنے لگا، ''سنو! میں بتاؤں۔'' تینوں دوست بے چینی سے سننے لگے۔ پودے نے کہا، ''آج بہت صبح جب تم سب سو رہے تھے ایک شخص آیا اور ننھی کلی کو توڑ لے گیا۔ کلی نے بہت غل مچایا لیکن کوئی نہ اٹھا۔ آخر کار بت ہی رنجیدہ اور غمگین وہ اس شخص کے ساتھ چلی گئی اور جاتے جاتے کہہ گئی کہ میرے دوستوں کو میرا سلام پہنچا دینا اور کہنا غفلت کا نتیجہ ہمیشہ برا ہوتا ہے جب کسی چیز کو اپنی حفاظت میں لو تو اس کی پوری طرح خبر گیری کرو جب بھی فرض سے غفلت کرو گے بہت نقصان اٹھاؤ گے۔''

تینوں دوست رو پڑے۔ انھوں نے اپنے سر جھکا لیے اور خاموش چلے گئی۔ خدا جانے کہاں!

شاید کلی کی تلاش میں لیکن کھوئی ہوئی چیزیں بہت کم ملتی ہیں۔ شاید بھونرا اور تتلی اب بھی اس کلی کی تلاش میں مارے مارے پھرتے ہیں اور بلبل غمگین گیت گاتا ہے۔ پر وقت گزر جانے کے بعد یہ ساری کوششیں کتنی لاحاصل!!

○■○

کیا خوب آدمی تھے شیخ چلّی بھی

☆ اطہر پرویز

شیخ چلّی نے ایک گائے پالی تھی۔ صبح شام اس کی خدمت کرتے تھے۔ انھیں اپنی گائے سے بڑی محبت تھی۔ ایک روز رات کو وہ گائے کو صحن میں باندھ کر سو گئے۔ صبح جو اٹھ کر دیکھا تو کھونٹا خالی تھا۔ خوب روئے چلّائے۔ محلّے کے لوگوں کو معلوم ہوا تو وہ بھی دوڑے دوڑے آئے۔ شیخ چلّی نے گائے کے چوری ہو جانے کا حال سنایا لیکن جو سنتا وہ یہی کہتا کہ ''واہ شیخ جی! تم بھی خوب آدمی ہو، کھلے صحن میں گائے کو باندھ کر سو گئے۔'' ''کسی نے کہا،''رات کو ایسے بے خبر سوئے کہ تم کو اتنا بھی ہوش نہیں رہا کہ چور کب گھسا کب نہیں۔ جب اس طرح سوؤ گے تو اپنے آپ چوری ہوگی۔''

کوئی بولا،''واہ شیخ جی! گائے ضرور چیخی چلّائی ہوگی۔ تم نے اس کی آواز بھی نہیں سنی۔ خوب مزے میں سوتے رہے۔''

غرض جو بھی آتا وہ شیخ چلّی سے یہی کہتا، آخر شیخ چلّی سے نہ رہا گیا اور بولے،''آپ لوگ میرا

قصور معاف کر دیں ۔ آپ لوگوں کی باتوں سے معلوم ہوا کہ غلطی میری ہے، چور بے چارہ بے قصور ہے۔"

ایک بار شیخ چلّی، زرق برق کپڑے پہنے ہوئے ایک سڑک پر سے گزر رہے تھے۔ ایک بہت بڑی پگڑی باندھے ہوئے تھے۔ اسی راستے سے ایک دیہاتی گزر رہا تھا۔ اس نے شیخ چلّی کو روک کر کہا۔

"شیخ جی! ذرا یہ چٹھی پڑھ دیجیے۔" شیخ چلّی نے جو خط دیکھا تو کسی دوسری زبان میں تھا۔ شیخ چلّی نے کہا کہ "بھائی یہ زبان میں نہیں جانتا۔" دیہاتی حیرت میں رہ گیا اور پھر غصے سے بولا، "واہ شیخ جی! اتنی بڑی پگڑی پہنے ہو اور خط نہیں پڑھ سکتے۔" شیخ جی نے بڑے اطمینان سے اپنی پگڑی اُتار کر دیہاتی کے سر پر رکھ دی اور بولے، "اگر پگڑی پہننے سے پڑھنا آجاتا ہے تو پھر اب آپ ہی یہ خط پڑھ لیجیے۔"

ایک روز کسی شخص نے شیخ چلّی کے دروازے پر دستک دی۔ شیخ جی اوپر کے کمرے میں آرام کر رہے تھے، چنانچہ اوپر کھڑکی سے سر نکال کر پوچھا، "کون صاحب ہیں اور کیا کام ہے؟"

اس آدمی نے کہا، "ذرا نیچے تشریف لائیے۔"

جب شیخ چلّی نے نیچے اُتر کر دروازہ کھولا تو اس نے کہا کہ "سرکار! اللہ بھلا کرے گا۔ خدا کی راہ میں کچھ خیرات کر دیجیے۔ آپ کے بال بچے خوش رہیں گے۔"

شیخ چلّی نے کہا، "اندر تشریف لائیے۔" یہ کہہ کر شیخ چلّی اس فقیر کو اوپر لے گئے۔ اُس کو کرسی پر بٹھایا اور کہا، "اب تشریف لے جائیے، اگلا دروازہ دیکھیے، یہاں اللہ کی برکت ہے۔"

فقیر کو بہت غصہ آیا۔ اس نے کہا، "اجی حضرت! اگر آپ کو نہیں دینا تھا تو پھر یہاں لے کر

کیوں آئے۔ نیچے ہی کیوں جواب نہ دے دیا۔"

شیخ چلّی بولے،"اگر آپ کو بھیک ہی مانگنی تھی تو آپ نے مجھے اوپر سے نیچے کیوں بلایا۔ وہیں سے کیوں نہیں کہہ دیا۔"

اب تو فقیر لاجواب ہوگیا اور اپنی راہ پر چل دیا۔

ایک بار شیخ چلّی بیمار ہوئے۔ بیماری بڑھتی گئی۔ کسی کو ان کے بچنے کی امید نہ رہی۔ آخرا ایک دن انھوں نے اپنے پڑوسی کو بلا کر وصیت لکھانی شروع کر دی۔

میرے مرنے کے بعد جو کچھ بچے اس میں سے ۵۰۰ روپے تو محلّے کے غریبوں اور فقیروں میں بانٹ دیا جائے۔ ۵۰۰ روپے پڑوس کے مدرسے میں دے دیا جائے اور ایک ہزار روپیہ مسجد کو چندے میں۔ باقی روپے میرے بال بچوں کی گزر بسر کے لیے۔

پڑوسی یہ سن کر حیرت میں رہ گیا۔ اس لیے کہ شیخ چلّی تو غریب آدمی تھے، چنانچہ اس نے کہا۔

"شیخ جی! آپ کے پاس اتنا روپیہ کہاں سے آیا۔"

شیخ چلّی نے کہا،"بھائی میرے پاس رو پیہ کہاں سے آتا۔ میرے پاس تو کھانے پہننے کو بھی نہیں ہے۔ یہ وصیت تو اس لیے کر دی ہے تاکہ مرنے کے بعد کوئی یہ نہ کہہ سکے کہ شیخ چلّی کنجوس تھے۔

○■○

بھاگم بھاگ

☆ جیلانی بانو

ایک بادشاہ تھا۔ جیسا کہ بادشاہ ہوا کرتے تھے، وہ بھی بہت سخی، رحم دل اور انصاف کرنے والا بادشاہ تھا۔ بادشاہ کے محل میں دنیا کی ساری نعمتیں موجود تھیں، عیش و آرام کا سارا سامان حاضر تھا۔ لیکن ایک مصیبت بھی تھی۔ محل کا ایک چھوٹا سا دروازہ ہمیشہ کھلا رہتا تھا، تا کہ کوئی مظلوم فریادی چاہے تو خود جا کر بادشاہ سے انصاف مانگ سکے۔ سنا ہے اس دروازے کے کھلے رہنے سے بادشاہ کے وزیروں کی نیند حرام ہو گئی تھی، کیوں کہ اُنھیں بادشاہ کا ہر حکم دوڑ کر بجا لانا پڑتا تھا۔ اس کے علاوہ ہر شخص سے پورا پورا انصاف کرنا بھی ضروری ہو گیا تھا۔

ایک دن ایک چھوٹا سا کمزور اور رنگ گورا لڑکا محل کے اس دروازے پر آیا اور اس نے خوب زور سے دستک دی۔ اس دروازے میں خاص بات یہ تھی کہ وہاں کھڑے ہو کر اگر کوئی دستک دیتا تو بادشاہ کے سونے کے کمرے تک جاتی تھی۔ پہلے بادشاہوں کا زیادہ وقت آرام کرنے میں ہی گزرتا تھا۔ اس لیے وہ بادشاہ بھی دستک کی آواز سن کر سوئے ہوئے سے چونک پڑا اور جلدی سے اُٹھ کر دیوانِ عام کے دالان میں سے نیچے جھانکنے لگا۔

نیچے اُس نے دیکھا کہ ننگا لڑکا کھڑا کہہ رہا ہے۔

"حضور۔۔۔میرے دادا کے دادا کی جھونپڑی والی زمین حضور کے محل میں شامل کر لی گئی تھی اور وعدہ کیا گیا تھا کہ اُس کی قیمت دے دی جائے گی۔لیکن ابھی تک وہ معاوضہ نہیں ملا ہے۔اس لیے حضور عدالت کو حکم دیں کہ میری کارروائی جلد مکمل ہو، کیوں کہ میرے پاس پہننے کو کپڑے بھی نہیں ہیں اور میں سردی کے مارے مرا جا رہا ہوں۔

بادشاہ نے لڑکے کی بات سُنی تو اُسے بہت افسوس ہوا۔اس نے فوراً وزیرِ خزانہ کو بلوا کر کہا کہ اس کے مقدمے کی کارروائی جلد طے کی جائے اور اس غریب لڑکے کو ایک قیمتی خلعت، ایک لاکھ روپے، ایک کمبل اور ایک جوڑ جوتے شاہی خزانے سے ابھی دے دئیے جائیں۔

بادشاہ کا حکم سنتے ہی وزیرِ خزانہ سر پر پیر رکھ کر جو بھاگا تو بھاگتا ہی گیا۔اُس نے شاہی خزانچی کو جگا کر بادشاہ کا حکم سنا دیا اور خود پھول والوں کے میلے کی سیر کرنے چل دیا۔

شاہی خزانچی نے نہایت بدحواسی میں جلدی فرمان پڑھا اور پھر بھاگا اور وزیرِ خزانہ کے پاس پہنچا، کیوں کہ اس فرمان میں بات صاف نہیں لکھی گئی تھی کہ ایک لاکھ روپے، روپوں کی شکل میں دئیے جائیں یا چیک دیا جائے۔وزیرِ خزانہ نے یہ سنا تو دوڑا دوڑا وزیرِ اعظم کے پاس پہنچا۔وزیرِ اعظم کے ہاں ناچ گانے کی محفل جمی ہوئی تھی۔مگر وزیرِ اعظم سب پر خاک ڈال کر دوڑتے ہوئے شاہی محل پہنچے۔بادشاہ سلامت اس وقت مرغ بازی میں مصروف تھے۔لیکن ایک غریب لڑکے کی مدد کرنا تھی، اس لیے انھوں نے حکم دیا کہ نقد روپے دئیے جائیں۔بادشاہ کا حکم سر آنکھوں پر رکھ کر وزیرِ اعظم جو دوڑے تو بس وزیرِ خزانہ کے پاس جا کر رُکے۔وزیرِ خزانہ نے حکم پڑھا اور گھوڑے کی چال چلتے ہوئے شاہی خزانچی کے پاس جا کر

اُسے بادشاہ کا حکم تھما دیا۔

شاہی خزانچی نے جلدی جلدی حکم پڑھا۔ بادشاہ کے دستخط دیکھے۔ مگر جب وہ ایک روپے گن چکا تو اسے خیال آیا کہ بادشاہ نے یہ بھی لکھا ہے کہ ایک خلعت، ایک کمبل اور ایک جوڑا جوتا بھی دیا جائے۔ لیکن یہ کس قیمت کا ہو؟ چنانچہ شاہی خزانچی گھوڑے پر بیٹھ یہ جا، وہ جا، وہ جا، پہنچا وزیرِ خزانہ کے پاس۔ وزیرِ خزانہ نے یہ سنا تو فوراً اپنی ٹم ٹم منگوائی اور طوفانی رفتار سے وزیرِ اعظم کے پاس گئے۔ وزیرِ اعظم نے جو یہ بات سنی تو آؤ دیکھا نہ تاؤ، آدھی رات کے وقت پہنچے، بادشاہ کو نیند سے جگانے ۔۔۔ بادشاہ کو بے حد غصّہ آیا۔ وہ گرجا، ''ارے احمقو، قیمتی سے مطلب یہی ہے کہ خوب اچھا ہزار دو ہزار کا خلعت ہو ۔۔۔ جاؤ اور جلدی سے اس بے چارے غریب بچے کو سب چیزیں دے دو۔''

وزیرِ اعظم بھاگے بھاگے آئے اور وزیرِ خزانہ کو حکم سنا دیا۔ وزیرِ خزانہ نے اس بار ٹم ٹم کی سواری فضول سمجھی اور ہاتھی کو دوڑاتے ہوئے شاہی خزانچی کے پاس گئے ۔۔۔ شاہی خزانچی نے فرمان سنا تو جلدی سے خلعت نکالا۔

لیکن اب ایک اور مشکل آپڑی۔ بادشاہ نے لکھا تھا کہ لڑکے کو ایک کمبل بھی دے دیا جائے ۔۔۔ مگر کمبل کیسا ہو، غریبوں کے استعمال کرنے والا، یا بادشاہوں کے اوڑھنے کے قابل۔ شاہی خزانچی ایک بار پھر دوڑا اور وزیرِ خزانہ کے گھر کی طرف تو بہت سے تیز رفتار گھوڑا سوار بھی اس کے پیچھے رہ گئے۔ وزیرِ خزانہ نے یہ سنا تو وہ اس بار اونٹ پر سوار ہو کر لپکا اور منٹوں میں وزیرِ اعظم کے محل میں پہنچ گیا۔ وزیرِ اعظم نے یہ سنا تو آندھی کی طرح دوڑتے ہوئے شاہی محل پہنچے۔

اب کی بار بادشاہ بہت غصّے میں تھا۔

’’ارے بے وقوفوں! اتنا بھی نہیں جانتے کہ بادشاہ جب کسی کو کوئی چیز دیتا ہے تو وہ بادشاہ کی حیثیت کے مطابق ہونا چاہیے تا کہ لینے والے کی سات پُشتوں میں اس شاہی تحفے کو حفاظت کے ساتھ رکھا جا سکے ۔‘‘

یہ سنتے ہی احمق اعظم دُم دبا کر بھاگے اور وزیرِ خزانہ سے جا کر کہا، ’’ارے بے وقوف! اتنا بھی نہیں جانتا کہ جب بادشاہ کسی کو کوئی چیز دیتا ہے تو وہ بادشاہ کی حیثیت کے مطابق ہونا چاہیے تا کہ لینے والے کی سات پُشتیں اس شاہی تحفے کو حفاظت کے ساتھ رکھ سکیں ۔‘‘

وزیرِ خزانہ نے یہ سنا اور طوفانی چال سے بھاگا ہوا شاہی خزانچی کے پاس گیا۔

’’ارے بے وقوف! اتنا بھی نہیں جانتا کہ بادشاہ جب کسی کو کوئی چیز دیتا ہے تو وہ بادشاہ کی حیثیت کے مطابق ہونا چاہیے، تا کہ لینے والے کی سات پُشتیں بادشاہ، کی اس عنایت کو یاد رکھیں ۔‘‘

یہ سنتے ہی وہ احمق خزانچی تیر کی طرح بھاگا ہوا شاہی خزانے میں پہنچا اور پلک جھپکتے میں سب چیزیں اکٹھی کیں ۔۔۔ مگر اب ایک اور مشکل آ پڑی ۔۔۔ شاہی فرمان میں لکھا تھا کہ ایک جوڑ جوتے بھی دیئے جائیں ۔۔۔ لیکن ان جوتوں کا سائز کیا ہو؟

اب کی بار شاہی خزانچی ہوا کے گھوڑے پر سوار جو اُڑا تو وزیرِ خزانہ کے پاس جا کر رُکا ۔۔۔ وزیرِ خزانہ نے یہ سنا تو یوں دوڑا جیسے بندوں کی گولی اپنے نشانے پر جا رہی ہو ۔ وزیرِ اعظم کو یہ خبر بندوق کی گولی بن کر لگی اور وہ ترکش میں سے نکلے ہوئے تیر کی طرح بادشاہ کے محل میں داخل ہوئے ۔ بادشاہ اس وقت کھانے میں مصروف تھا ۔ اس نے ایک مرغ کی ٹانگ مروڑ

کر بے حد غصے میں کہا۔ابے گدھے! دس پانچ جوڑے کے جوتے کیوں نہیں بنوا لیتے؟ کوئی نہ کوئی سائز ٹھیک آ ہی جائے گا۔''

یہ سُن رہ وزیرِ اعظم نے وزیرِ خزانہ سے کہا ارے اُلّو کی دُم فاختہ ! اتنا بھی نہیں جانتا کہ دس پانچ جوڑے جوتے موچی سے بنوا لیے جائیں کوئی نہ کوئی سائز اس لڑکے کو ضرور فٹ ہوگا۔''

وزیرِ خزانہ اُلٹے پیروں شاہی خزانچی کے پاس دوڑا۔

''ارے احمقوں کے دادا جان! اتنا بھی نہیں جانتا کہ دس پانچ جوڑے جوتے تیار کروا لیے جائیں کوئی نہ کوئی سائز اس لڑکے کے پاؤں کا یقیناً ہوگا۔''

حکم کا سُننا تھا کہ شاہی موچی کھٹا کھٹ نہایت خوبصورت اور آرام دہ تیار کر لائے۔ پلک جھپکنے میں سب سامان ایک سونے کی خوبصورت ٹرے میں سجا دیا گیا اور شاہی خزانچی اس ٹرے کو لے کر بجلی کی سی تیزی سے دوڑا اور وزیرِ خزانہ کے پاس۔

وزیرِ خزانہ نے ٹرے کو ہاتھوں ہاتھ لیا اور دیکھتے ہی دیکھتے وزیرِ اعظم کے محل تک پہنچ گیا۔

وزیرِ اعظم نے ٹرے کا سامان اچھی طرح ملاحظہ فرمایا اور سپاہیوں کو حکم دیا کہ ایک منٹ کی دیر کیے بغیر سامان بادشاہ کے محل کے سامنے کھڑے ہوئے لڑکے کو پہنچا دیے جائیں۔

سپاہیوں نے حکم سنا تو راکٹ کی طرح زن سے بادشاہ کے محل کے پاس جا پہنچے۔ انھوں نے چاروں طرف دیکھا۔۔۔ مگر وہاں کوئی نہ لڑکا نہ تھا۔ بس ایک بوڑھے کی ننگی لاش ضرور پڑی ہوئی تھی۔

شیطان

☆ فیاض رفعت

اُس روز بارش ہو رہی تھی، اور اس کا زور بڑھتا ہی جا رہا تھا۔ سردی میں بھی اضافہ ہو گیا تھا۔ شینخو اور اس کی بیوی ایک کونے میں چھپے ہوئے سردی سے بچنے کی ناکام کوشش کر رہے تھے۔ ان کی جھونپڑی میں سوراخ ہو گئے تھے، اور وہ جگہ جگہ سے ٹپک رہی تھی۔ بارش کے رُکنے کا کوئی امکان نظر نہیں آ رہا تھا۔

شینخو کی بیوی نے اپنے معصوم بچہ کو چمٹاتے ہوئے کہا۔ ''اے خدا یہ بارش کیوں نہیں رُکتی۔''

''اب چپ بھی رہ، بڑی آئی خدا والی۔ اس نے اس سے پہلے بھی کبھی تیری سُنی ہے؟ جو اب سُنے گا۔ ہنہ اگر اتنا شیطان کو یاد کرتے تو نہ جانے کیا سے کیا ہو جاتے۔'' شینخو نے غصہ سے بل کھاتے ہوئے کہا۔

''ارے کیا کفر بک رہے ہو۔ ذرا خدا کا خوف کرو'' اُس کی بیوی نے لرزتی ہوئی آواز

میں کہا۔"خدا اس طرح اپنے بندوں کا امتحان لیتا ہے۔ ہمیں مصیبت میں نہیں گھبرانا چاہئے۔"

"بس بہت ہولیا۔ اب زیادہ بک بک کی ضرورت نہیں۔ خدا ہے ہی نہیں۔ کہاں ہے مجھے تو نظر ہی نہیں آتا۔ ہاں، ہاں، خدا نہیں ہے۔ نہیں ہے۔" وہ پاگلوں کی طرح چیختے ہوئے بولا۔"آج سے میں شیطان کی پوجا کروں گا۔ وہی میرے دکھ درد دور کرے گا۔" اُس کی بیوی رونے لگی۔ "اُف خدایا! انہیں نیک راستہ دکھا۔ یہ گمراہ ہوگئے ہیں۔"

"کم بخت! اگر اب کے تو نے خدا کا نام لیا تو جان سے مار دوں گا۔" شینو گرجتے ہوئے بولا۔

"میں خدا کا نام ضرور لوں گی، ضرور لوں گی۔ چاہے مجھے اس کے لئے تمہیں چھوڑنا پڑے، اس گھر کو چھوڑنا پڑے۔ ویسے بھی میں ایسے گھر میں نہیں رہ سکتی جو شیطان کے سائے میں آ گیا ہو۔"

"نہیں رہ سکتی تو نہ رہ ابھی نکل جا۔ مجھے بھی تیری کوئی ضرورت نہیں۔" اُس نے چیختے ہوئے کہا اور پھر اُسی اندھیری رات میں اس نے اپنی نیک بیوی کو دھکے دے کر جھونپڑی سے باہر نکال دیا۔ اس وقت اس پر جنون طاری تھا۔ وہ زور زور سے قہقہے لگا رہا تھا۔

"شیطان ۔۔۔۔۔ ہاہاہا ۔۔۔۔۔ کہاں ہو تم ۔۔۔۔۔۔۔ شیطان اعظم میں تیرا ہوں۔ میں تیری پوجا کرتا ہوں۔" وہ یوں ہی بہت دیر تک قہقہے لگا تا رہا۔ اور پھر پتہ نہیں کب آندھی اور بارش کا زور گھٹ چکا تھا۔ شینو قہقہے لگاتے لگاتے اچانک خاموش ہوگیا۔ اس کے ہونٹوں پر شیطانی مسکراہٹ نمودار ہوئی۔ اور وہ بڑبڑایا۔

”اوہ شیطان تُو نے میری سُن لی ۔۔۔۔۔ بارش ختم ہوگئی۔طوفان کا زور کم ہوگیا“ اور پھر وہ دوزانو ہو کر شیطان کی تعظیم میں جھک گیا۔

رات کو کسی وقت کھٹکے کی آواز سُن کر اس کی آنکھ کھل گئی۔ باہر ہوائیں شائیں شائیں کر رہی تھیں۔اور جھونپڑی کا دروازہ ہل رہا تھا اور ہواؤں کی لہریں سیٹیاں بجاتی ہوئی گزر رہی تھیں۔اس نے ہمت کر کے بلند آواز میں پوچھا ۔۔۔۔”کون؟“

”میں ہوں ۔“

”میں کون؟“

”وہی جسے تم یاد کر رہے تھے ۔“

”کون؟ ۔۔۔۔۔۔ شیطان؟“

”ہاں ۔“

”اوہ!“ شینخو نے خوشی سے بے قرار ہوتے ہوئے کہا۔”آپ تک میری آواز پہنچ گئی۔ واقعی آپ عظیم ہیں اور میں آپ کا حقیر بندہ ہوں ۔ اندر تشریف لے آئیے ۔“ اور پھر قدموں کی چاپ کی آواز سنائی دی ۔ اس کے فوراً بعد ہی ٹمٹماتا ہوا دیا بجھ گیا۔

”میں ذرا دیا جلا دوں ۔“ شینخو نے عجلت سے اُٹھتے ہوئے کہا۔

”نہیں مجھے روشنی پسند نہیں ۔ ویسے بھی اس وقت تم میری شکل نہیں دیکھ سکتے ۔ اور دیکھو گے تو خوف سے مر جاؤ گے ۔“

”اچھا تو آپ تشریف رکھئے ۔“ اس نے اندھیرے میں آنکھیں پھاڑ پھاڑ کر دیکھنے کی

کوشش کرتے ہوئے کہا۔اُسے ایک تاریک سایہ نظر آیا۔قومی ہیکل۔لمبا چوڑا۔

”اچھا کام کی بات کرو۔ بولو تم کیا چاہتے ہو؟“شیطان کی بھونڈی آواز نے سکوت توڑا۔ جیسے کئی اُلو ایک ساتھ چیخ اُٹھے ہوں۔

”میں دولت چاہتا ہوں۔بے پناہ دولت۔“

”تمہیں دولت ملے گی مگر ایک شرط ہے۔“

”مجھے ہر شرط منظور ہوگی۔جلد بتائیے شرط کیا ہے؟“

”شرط یہی ہے کہ میں تمہیں دولت دوں گا اور تمہیں میری ایک نشانی قبول کرنی ہوگی۔۔۔۔۔بولو منظور؟“

”یہ تو بہت آسان شرط ہے۔آپ کی نشانی سر آنکھوں پر،فرمائیے اور کیا حکم ہے؟“

”اچھا سنو! میں تمہارے سینے پر اپنا نشان بنا دوں گا اور وہ نشان کبھی ختم نہ ہو سکے گا۔“

”مجھے منظور ہے۔“

”تمہارے سینے میں زخم ہو جائے گا اور جیسے جیسے زخم بڑھتا جائے گا اسی قدر تم دولت مند ہوتے جاؤ گے اور ایک روز یہ زخم ناسور بن جائے گا۔اس کا ساری دنیا میں کہیں علاج نہ ہو سکے گا۔“

شرط واقعی بہت مشکل تھی۔زخم کا تصور کر کے اس پر ہیبت طاری ہوئی۔مگر پھر جلدی اُس کے دل و دماغ پر لالچ کا بھوت سوار ہو گیا۔

”جلدی بتاؤ،میرا وقت بہت قیمتی ہے۔“شیطان چمگادڑوں کی آواز میں بولا۔

”میرے آقا، مجھے آپ کی شرط منظور ہے۔آپ کا نام میرے سینے پر روشن رہے۔اس

سے بڑا اعزاز اور کیا ہوسکتا ہے۔''

''ٹھیک ہے۔ میں معاہدہ کے کاغذات لے کر صبح آؤں گا۔''

صبح سورج چڑھے اس کی آنکھ کھلی۔ یہ پہلا موقع تھا کہ وہ اتنی دیر تک سوتا رہا تھا۔ وہ ایک انگڑائی لے کر اٹھ بیٹھا۔ اور پھر اس نے جھونپڑی سے گندی ٹوٹی پھوٹی ہانڈیوں مٹی کے برتنوں اور پیالی وغیرہ کو نکال کر باہر پھینک دیا۔ گھڑے اور برتن وغیرہ سب توڑ پھوڑ ڈالے۔ بیوی کے پرانے کپڑوں میں آگ لگا دی۔ ٹین کے بکس توڑ ڈالا۔ اور ایسی ہی بہت ساری شیطانی حرکتیں کرنے کے بعد وہ شیطان کا انتظار کرنے لگا۔

دو پہر کے وقت اُسے پگڈنڈی پر ایک بگھی آتی ہوئی دکھائی دی۔ بگھی اُس کی جھونپڑی کے قریب آ کر رُک گئی۔

شینخو ہڑبڑا کر کھڑا ہو گیا۔۔۔ اور بگھی سے ایک ادھیڑ عمر کا خوفناک شخص اتر پڑا۔ اُس کی آنکھیں خون کی طرح سرخ ہو رہی تھیں۔ بھنویں تنی ہوئی تھیں۔ ماتھے پر زخم کا گہرا نشان تھا۔ چہرہ تاریک تھا اور ہونٹ پیپ کی طرح سفید تھے۔ وہ خوفناک شخص، شینخو کے قریب آ کر رُک گیا۔ اور مسکرا کر اُس کی آنکھوں میں جھانکتے ہوئے بولا ۔۔۔ ''کیا پہچانا نہیں؟''

''آ۔۔ آپ ۔۔۔ ہاں ۔۔۔ ہاں پہچان گیا میرے آقا۔۔۔ آپ ۔۔۔۔۔''

''ہاں، میں ہی ہوں'' اُس نے اپنے لمبے کوٹ کے کالر اٹھاتے ہوئے کہا۔

''میں آپ ہی کا انتظار کر رہا تھا۔ ویسے آپ نے بہت دیر لگا دی صبح کی دو پہر ہو گئی۔۔۔ خیر اس سے کیا۔ آپ کی زیارت تو ہوگئی'' شینخو نے خوشامدانہ لہجے میں کہا۔

”ہماری صبح کا یہی وقت ہے۔“ شیطان کے چہرے پر کالے ناگوں کی سیاہیاں دوڑ گئیں۔

”غلطی ہوئی آقا۔“ شینخو زمین پر ناک رگڑتے ہوئے بولا۔

”آئندہ نہ ہو، سمجھے۔“ شیطان کی گرج آسمانوں کی گرج سے زیادہ ڈراؤنی تھی۔ ”اور یہ لو اس معاہدہ کے کاغذ پر انگوٹھا لگا دو۔ اس کے بعد تم اس شہر کے امیر ترین آدمی ہو گے۔“

شیطان نے اپنے کوٹ کے اندر کی جیب میں ہاتھ ڈالتے ہوئے نوٹوں کی ایک موٹی سی گڈی نکالی۔ اور اُسے شینخو کے ہاتھوں میں تھما دیا۔ ”اچھا اب میں چلوں گا۔ میری تعظیم میں دوزانو تو ہو جاؤ۔“ شینخو نے اس کے حکم پر عمل کیا۔ اور شیطان کی بگھی میں جتے ہوئے گھوڑے ہواؤں سے باتیں کرنے لگے۔

اور کچھ دن بعد شینخو سچ مچ کا امیر ترین آدمی بن چکا تھا۔ اس کی جھونپڑی محل میں تبدیل ہوگئی تھی۔ شیخ نے ظلموں کی انتہا کر دی تھی۔ اس کے مسلسل ظلموں سے اس پاس کے سبھی لوگ بیزار تھے مگر اس کی بے پناہ دولت کی طاقت کی وجہ سے سر اُٹھانے کی جرأت نہیں کرتے تھے۔

شینخو کی دولت میں دن دونا، رات چوگنا اضافہ ہوتا جا رہا تھا۔ لوگ اس کے سامنے سے تعظیم سے سر جھکاتے تھے۔ لیکن ان ساری باتوں کے باوجود اُسے چین نصیب نہیں ہوتا تھا۔ اس کا زخم لاعلاج تھا۔

زخم کی شدت کی وجہ سے اس کا دل دنیا سے اُچاٹ رہنے لگا تھا۔۔۔۔۔ طرح طرح کے کھانے اُسے بے مزہ معلوم ہونے لگے تھے۔ تفریح کی محفلوں سے اس کا جی اُکتا گیا تھا۔ وہ مرجانا

چاہتا تھا۔مگر مرنا بھی اُس کے بس کی بات نہیں تھی۔شیطان ہر تیسرے مہینے اس کے پاس آتا، اُسے معاہدے کا احساس دلاتا جو تین سال سے قبل ختم نہیں ہو سکتا تھا۔اور ہیرے جواہرات کی بارش کر کے چلا جاتا۔ شینو نے کئی بار شیطان کی منت سماجت کی تھی۔اس کے قدموں میں سر دے کر وہ گڑ گڑایا تھا کہ وہ اپنی نشانی واپس لے لے ۔مگر شیطان نے اس کی رحم کی درخواست کو ٹھکرا دیا تھا۔ اور بھیانک ہنسی ہنستے ہوئے کہا تھا ''میں تمہیں ہیرے جواہرات میں تول سکتا ہوں لیکن زخم دور کرنا میرے بس کی بات نہیں''۔اور پھر شینو کا زخم ناسور بن گیا۔

اس کے دوست احباب اس سے دور بھاگنے لگے ۔اس کے زرخرید غلام اور لونڈیاں اس سے کترانے لگے ۔اور پھر ناسور میں کیڑے پڑ گئے۔ مکھیاں بھنبھنانے لگیں ۔دن کے وقت اس کے زخم کی ٹیسیں کم ہو جاتی تھیں۔لیکن سر شام ہی سے اُس کا درد بڑھتا چلا جاتا۔ وہ چیخ چیخ کر آسمان سر پر اُٹھا لیتا۔مگر اُس کے قریب کوئی نہ جاتا۔سب اُس سے دور دور ہی رہتے۔

اور پھر وہ رات بڑی بھیانک تھی۔ اُس کے سارے سینے پر سانپ اور بچھو لوٹ رہے تھے۔اس کے ناسور کو کرید رہے تھے ۔خون اور پیپ کو چاٹ رہے تھے۔اور اس کی چیخوں سے آسمان تھرّا رہا تھا۔ زمین کانپ رہی تھی، مگر ایسے برے وقت میں اُس کا کوئی مدد گار نہیں تھا۔ اُس کے نوکر چاکر اُس سے دور کھڑے ہنس رہے تھے ۔اور شیطان قہقہے لگا رہا تھا۔اور شینو کے سر پر دولت کی بارش کر رہا تھا۔مگر یہ دولت اُس کے کس کام کی تھی۔ دربخت، کمخواب اور اطلس کے لباسوں سے صندوق بھرے تھے ۔مگر وہ انہیں پہن نہیں سکتا تھا۔ انواع و اقسام کے کھانوں کا ڈھیر لگا ہوا تھا مگر وہ انہیں چھو نہیں سکتا تھا۔

اچانک شینو نے تڑپ کر کروٹ لی اور پوری قوت سے چیختے ہوئے بولا۔"شیطان، اُف ۔۔۔ چلا جا یہاں سے ۔۔۔ میں تیری شکل نہیں دیکھنا چاہتا۔۔۔ مجھے تیری دولت نہیں چاہئے ۔۔۔ مجھے محل کی ضرورت نہیں ۔۔۔ لذیذ کھانوں سے مجھے نفرت ہے، مجھے کچھ نہیں چاہئے ۔۔۔ اے خدایا ۔۔۔ اے خدا مجھے اس جان کنی کے عالم سے نجات دلا ۔۔۔ مجھے اس شیطان سے بچا، میں نیکی کے راستے سے بھٹک گیا تھا۔ میں نیکی سے بھٹک گیا تھا ۔۔۔" اور وہ دھاڑیں مار مار کر رونے لگا اور خدا کے سامنے جھک کر گڑگڑانے لگا۔

اور پھر زوروں کا طوفان آیا ۔۔۔ آسمان سے بارش کا سمندر اُبل پڑا ۔۔۔ بجلیاں تڑپنے لگیں ۔۔۔ اور محل اُڑ گیا۔ کنیزیں اور غلام خلاؤں میں غائب ہو گئے ۔۔۔ اور شینو کے سینے کا زخم مندمل ہوتا گیا ۔۔۔ اور پھر اُس کے سینے کی جلن اور سوزش بالکل ختم ہو گئی۔

اور جب وہ ہوش میں آیا تو اُس نے دیکھا ۔۔۔ وہ اپنی جھونپڑی کی پیال پر لیٹا ہوا ہے ۔۔۔ اُس کی بیوی سرہانے کھڑی اسے جگا رہی ہے۔

"یہ خواب میں کیا واہی تباہی بک رہے تھے ۔۔۔ دیکھو تو سورج چڑھ آیا ۔۔۔ کام پر نہیں جاؤ گے کیا ۔۔۔؟" اُس کی بیوی کہہ رہی تھی۔

شینو نے جلدی سے اُٹھ کر سکوں کی گہری سانسیں لیں ۔۔۔ اور بڑبڑایا "خواب اتنا بھیانک تھا تو حقیقت ۔۔۔" اور پھر اُس نے خدا کی بڑائی اور عظمت کے آگے گردن جھکا دی اور کام کے لئے باہر نکل گیا۔

◯ ▪ ◯

ننھے چراغ

☆ بشیشر پردیپ

دیبا اپنے گھر میں، کالونی کے دوسرے بچوں کے ساتھ ٹیپ ریکارڈ پر ریکارڈ کی ہوئی پردھان منتری شریمتی اندرا گاندھی کی تقریر سن رہی تھی اور اس کی ممی اسے کہہ رہی تھی۔

''بیٹیا اب ان کو اپنے گھروں میں جانے دونا... ابھی بلیک آؤٹ کی وجہ سے اندھیرا ہو جائے گا۔ سامنے تھاری آنٹی نے ٹینکی کو آواز بھی دے دی ہے، اچھو کی ممی بھی اس کا انتظار کر رہی ہوگی! انّو کا نو کر بھی اسے بلّا کر گیا ہے۔''

لیکن دیبا ٹھنک کر بولی، ''نہیں ممی۔ ابھی نہیں۔ ابھی کہاں بلیک آؤٹ ہونے والا ہے۔ ہم لوگ اندرا جی کی تقریر سن لیں، اس کے بعد جائیں گے یہ لوگ۔''

دراصل اس کے پاپا نے اندرا جی کی تقریر کو ٹیپ ریکارڈ کر لیا تھا اور وہ اپنے ساتھیوں کو وہی تقریر سنانا چاہتی تھی۔ بات یوں ہوئی کہ تقریر میں ایک جگہ اندرا جی نے کہا''....اس جنگ میں ہم سب کو... نوجوانوں کو... بوڑھوں کو... بچوں کو... سب کو کام کرنا ہے۔ یہ جنگ ہم سب کے

خلاف جنگ ہے۔''ریڈیو پر تقریر سننے کے بعد، جب اس نے اپنے ساتھیوں سے کہا،''ہم بچوں کو بھی اس جنگ میں کام کرنا ہے...سمجھے!''

تو زیبا بولی،''ارے ہم اس میں کیا کام کر سکتے ہیں؟ ہم تو اتنے چھوٹے بچے ہیں۔''اس پر دیبا ان سب کو اندراجی کی تقریر سنانے کے لیے لائی تھی۔ ٹیپ ریکارڈ پر اندراجی کی تقریر سن کر ان بچوں کے ننھے ننھے دماغ چونک اٹھے تھے۔ وہ زیادہ تو نہ سمجھ سکے لیکن اتنا ضرور سمجھ گئے کہ جس بلیک آؤٹ کو وہ لوگ ایک کھیل سمجھ رہے تھے، وہ محض کھیل نہیں ان کا ملک ایک مشکل مرحلے سے گزر رہا ہے! تھوڑی دیر بعد بچے اپنے اپنے گھروں کو چلے گئے۔

ان سب کے کانوں میں اندراجی کی تقریر کے الفاظ گونجتے رہے۔ اندراجی نے تقریر ختم کرنے کے بعد کتنے زور سے کہا تھا،''جے ہند!''اور پبلک کی طرف سے''زور سے''جے ہند''نہ کہنے پر دوسری بار اور پھر تیسری بار ان سے زور سے کہلوایا تھا،''جے ہند!''

دوسرے دن جب وہ سب اکٹھے ہوئے تو سب سے چھوٹی مانو اپنی توتلی زبان میں زور سے بولی۔

''دے ہند!''

اور سب بچے اس کی طرف دیکھ کر پہلے تو ہنس دیے اور پھر سب ایک ساتھ زور سے بولے۔

''جے ہند!''

انھیں کچھ ایسا محسوس ہوا جیسے اندراجی ان سب کو'جے ہند' کہنے کے لیے کہہ رہی ہوں!

اس کے بعد دیبا بولی،''بھئی، آپ سب لوگ بیٹھ جائیں تو بات کی جائے!''

سب بیٹھ گئے تو دیبا نے کہا،''اب آپ لوگ سُجھاؤ دیں کہ ہم بچوں کو کیا کام کرنا چاہیے؟''

زیبا نے پھر اپنی بات دہرائی،''بھئی ہم تو اتنے چھوٹے بچے ہیں، ہم لوگ آخر کیا کام کر سکتے ہیں؟''

''کیوں؟ ہم لوگ چندہ جمع کر سکتے ہیں۔''پنکی نے سجھاؤ دیا۔

اور سب نے ایک ساتھ کہا،''ٹھیک ہے...ٹھیک ہے۔''

لیکن زیبا پھر بولی،''پر ہمارے پاس وقت ہی کہاں ہے۔اسکول سے آ کر اسکول کا کام کرنا پھر گڑیوں سے کھیلنا۔''

اور دیبا نے اُسے ڈانٹ دیا،''ارے بھئی، گڑیوں سے کچھ عرصہ کھیلنا بند کر دو گی تو کیا بگڑ جائے گا۔''

اور انّو بولا،''ان کی گڑیاں رویئں گی نہیں؟''

اور سب ہنس دیے اور زیبا خاموش ہو گئی۔

تھوڑی دیر کے بعد زیبا بولی،''آپ لوگ سب جانتے ہیں کہ ہر جگہ نیشنل ڈیفنس فنڈ کے لیے چندہ جمع ہو رہے ہیں۔''

انّو اور گئی کچھ جانتے تھے یک زبان ہو کر بولے،''وہاں ہمارے اسکول میں بھی چندہ جمع ہو رہا ہے۔''

دیبا نے کہا،''پھر ایسا کیا جائے کہ ہم لوگ چندہ جمع کریں گے اور جمع کر کے نیشنل ڈیفنس فنڈ میں دیں۔''

پنکی بولی،''ایسا کریں۔ پہلے تو ہم لوگ اپنے پاس سے چندہ دیں اور پھر کالونی

کے گھروں میں جا کر سب سے چندہ لیں ۔"

اور اس پر سب بچوں نے ہامی بھری،"ٹھیک ہے ۔ یہ ٹھیک ہے ۔"

اچھو بولی،"میرے پاس چار روپے جمع ہیں ۔ شاہ جہاں پوری کی آنٹی نے مجھے پانچ روپے دیے تھے ۔ ایک خرچ ہوگیا ہے ۔ باقی چار روپے میں فنڈ میں دے دوں گی ۔"

زیبا بولی،"میں نے گڑیا کی شادی کے لیے تین روپے دیے ہیں ۔ میں وہ دے دوں گی ۔"

گڈی نے کہا،"مجھے اسکول سے اچھا رزلٹ ملنے پر پاپا نے پانچ روپے انعام دیا ہے،میں وہ دے دوں گا ۔"

اور پنکی جلدی سے اپنی گولک اٹھا لائی اور اس کو الٹ کر بولی،"میں یہ سب پیسے دے دوں گی ۔ چار روپے سے کم کیا ہوں گے؟"

باقی سب بچوں نے بھی جتنا جس کے پاس تھا دینے کا وعدہ کیا ۔ اور پھر طے پایا کہ ایک چھوٹی سی صندوقچی لی جائے اور اس کے ڈھکنے میں سوراخ کر لیا جائے اور یہ پیسے اس میں ڈال دیے جائیں اور اسے تالا لگا دیا جائے اور گھر گھر جا کر چندہ مانگ کر اس صندوقچی میں ڈلوائے جائیں ۔

دبیا اپنے گھر سے ایک صندوقچی اور تالا بھی لے آئی اور سب بچے اپنے اپنے جمع کیے ہوئے پیسے اس میں ڈال کر چندہ مانگنے کے لیے چل دیے ۔ کالونی کے ہر گھر میں وہ گئے کہیں انھیں آٹھ آنے ملے تو کہیں ایک روپیہ،کہیں دو روپے اور کہیں اس سے بھی زیادہ ... دو ہی دن میں ان کی صندوقچی بھر گئی ۔

اور تیسرے دن ان کی خوشی کا ٹھکانہ نہ رہا جب انھوں نے دیکھا کہ کالونی کے بڑوں نے
ایک میٹنگ بلائی ہے اور اس میٹنگ میں نیشنل ڈیفنس فنڈ کے لیے چندہ جمع کرنے اور فوجیوں
کے لیے ان کی ضروریات کی چیزیں جمع کرنے کے طریقوں کے بارے میں کچھ فیصلہ کیا ہے
اور فنڈ جمع کرنے کے لیے ایک میلہ منعقد کرنے کی تجویز بھی سوچی ہے۔

دیبا اور پنکی تو بہت خوش تھیں کیوں کہ وہ یہی چاہتی تھیں، جب انھیں پتہ چلا تھا کہ ہر شہر
میں، ہر بازار میں لوگ نیشنل ڈیفنس فنڈ کے لیے چندہ جمع کر رہے ہیں لیکن ان کی کالونی کے
لوگ ہیں کہ جیسے سوئے ہوئے ہیں تو انھیں بہت افسوس ہوا اور انھوں نے کالونی کے بچوں کی
طرف سے اس کام میں پہل کرنے کی ٹھانی... انھیں یقین تھا کہ ان کی کارگزاری دیکھ کر بڑوں
کو بھی جوش آجائے گا اور وہی ہوا جو انھوں نے سوچا تھا۔

○■○

چچا بھتیجا

☆ یوسف ناظم

ہمارے چچا جان اچھا کھاتے ہیں، اچھا پہنتے ہیں ۔ یوں دیکھنے میں انھیں کوئی پریشانی یا کسی قسم کی تکلیف نہیں لیکن اس کے باوجود وہ ہمیشہ رنجیدہ اور پریشان رہتے ہیں ۔ ہم نے تو کبھی انھیں خوش نہیں دیکھا ۔ جب دیکھو ان کا منھ پھولا ہوا ہے ۔ بھنویں تنی ہوئی ہیں ۔ چچا ہمیشہ دو دھاری تلوار بنے رہتے ہیں، کبھی ایک کے سر پر برسے کبھی دوسرے کے سر پر گرے ۔ دنیا میں بڑے سے بڑا واقعہ بھی ہو جائے تو انھیں فکر نہیں ہوتی ۔ اُنھیں فکر رہتی ہے تو بس ایک بات کی کہ یہ شخص صحیح اور کھری اردو دو بولے ۔ اس کا تلفظ صحیح ہو اور ہر بات میں کوئی نہ کوئی محاورہ ہو ۔ محاورے بولنے میں چچا کو کمال حاصل ہے ۔ وہ ایک چھوٹا سا جملہ بھی بولیں گے تو اس میں کم سے کم تین محاورے ضرور ہوں گے ۔ بات تو خیر کرتے ہی نہیں صرف ڈانٹتے ہیں ۔ لیکن ان کی ڈانٹ بھی چٹخارے دار زبان میں ہوتی ہے کہ ڈانٹ کھانے والے کو مٹھائی کھانے کا مزا آجائے ۔ چچا جان کے سامنے زبان کھولنا اپنی شامت بلانا ہے ۔ ادھر زبان کھولی نہیں کہ پکڑی

فرمائیں گے۔ ''یہ ہم نے کیا سنا۔ یہ مرغ کس نے کہا! یہ امجد میاں ہوں گے۔ امجد میاں تو سارے گھر کی زبان بگاڑ کر رکھ دیں گے۔ میاں ہم نے تم سے کچھ نہیں تو پچاس بار ضرور کہا ہوگا کہ مرغ نہیں کہا کرو۔ مُرغ کہا کرو۔ اس کا ک رُساکن ہے۔ مُرغ کہنے میں اگر تکلیف ہوتی ہو تو مُرغا کہا کرو۔ لیکن خدا کے لیے مُرغ کہہ کر ہمیں چڑایا نہ کرو۔''

لیجیے صاحب صرف ایک لفظ زبان سے نکلا اور چچا جان نے آڑے ہاتھوں لیا۔

تلفظ اور قواعد درست کرنے میں تو چچا جان، جان پر کھیل جاتے ہیں۔ ایک مرتبہ تو وہ ریلوے اسٹیشن پر ایک اجنبی آدمی سے لپٹ پڑے۔ اُس بے چارے نے کہیں قلی سے کہہ دیا، ''جلدی کرو، ٹرین پکڑنا ہے۔'' یہ سننا تھا کہ چچا جان، جان نہ پہچان لپکے اس کی طرف اور فرمایا، ''حضرت معاف کیجیے۔ میرا آپ کا تعارف تو نہیں لیکن آپ کی زبان سے غلط اردو دوس کرہ نہیں سکا۔ حضرت ٹرین پکڑنا صحیح نہیں۔ ٹرین پکڑنی ہے کہنا چاہیے۔ کیوں کہ ٹرین مونث ہے۔''

اب کیا تھا جناب اُن حضرت نے ٹرین کا خیال تو چھوڑ دیا اور چچا جان کو پکڑ لیا۔ جب ٹرین نے سیٹی دی تو معاملہ چکا۔ اس پر بھی چچا جان مانے نہیں۔ کہنے لگے کہ ''اچھا ہوا وہ شہر چھوڑ کر چلا گیا ورنہ سارا شہر غلط اردو بولنے لگتا۔''

چچا جان ہمیشہ اس کوشش میں رہتے ہیں کہ اُن کے بھتیجے بھتیجیاں اچھے اچھے محاورے بولنا سیکھیں۔ وہ باری باری سے ایک ایک کو پکڑ پکڑ کر محاورے بولنا سکھاتے ہیں۔ محاورے رٹا کر بچوں کو اسکول میں چھوڑ دینا چچا جان کا خاص مشغلہ ہے۔ لیکن عجیب بات ہے جب کبھی چچا جان کا رٹایا ہوا محاورہ بچے نے اسکول میں دہرایا وہ ضرور پٹا۔ نجمہ بچاری ایک دن اپنی استانی نزہت آپا سے پٹ گئی۔ اُس دن شاید شاید اسکول میں کھانا پکانے کی کلاس ہو رہی تھی۔ کہیں آٹے

کا بھوسا اُڑ کر نزہت آپا کے بالوں میں اٹک گیا۔ اپنے چچا کی بھتیجی نجمہ نے فوراً اپنی استانی سے کہا،
"نزہت آپا آپ کے سر میں تو بھوسا بھرا ہوا ہے۔"

ساری لڑکیاں ہنس پڑیں۔ نزہت آپا غصے سے لال پیلی ہوئیں لیکن نجمہ نے دیکھا تک نہیں اور ان سے کہا، لائیے آپا آپ کا سر صاف کر دوں۔ بس اس کے بعد نزہت آپا نے اپنا سر تو صاف نہیں کیا لیکن نجمہ پر خوب ہاتھ صاف کیا۔

چچا جان کو اپنے سب بھتیجوں میں ممتاز میاں سب سے زیادہ پسند ہیں۔ یوں کہیے انھیں ممتاز پر ناز ہے اور چچا جان کا کہنا ہے کہ ممتاز بہترین محاورے بولتا ہے۔ یہی ممتاز میاں ایک دن اپنے اسکول سے اپنے ابا کے نام ایک خط لے آئے جو اُن کے ہیڈ ماسٹر صاحب نے بھیجا تھا۔ اس خط میں لکھا تھا:

"جناب امتیاز احمد صاحب! آپ کو اطلاع دی جاتی ہے کہ آپ کا لڑکا ممتاز احمد جو آٹھویں جماعت میں پڑھتا ہے، بکثرت محاورے بولنے لگا ہے۔ براہِ کرم اس پر نظر رکھیے ورنہ آگے چل کر یہ لڑکا ہمارے اسکول کے لیے خطرناک ثابت ہوگا اور ہم اسے رخصت کرنے پر مجبور ہوں گے۔"

یہ خط پڑھ کر ابا بے حد گھبرائے۔ انھوں نے ممتاز میاں سے دریافت کیا کہ آخر بات کیا ہوئی جو ہیڈ ماسٹر صاحب نے یہ خط لکھ مارا۔

ممتاز میاں بولے: "اباجی! ہمارے ہیڈ ماسٹر صاحب کو تو بات بات پر بھول ہونے لگتی ہے اور وہ بات کا بتنگڑ بنا دیتے ہیں۔"

ابا: مجھ سے محاوروں میں باتیں نہ کرو۔ محاورے تم اپنے چچا جان سے بگھارنا۔ مجھے سیدھی

سادھی اردو میں بتاؤ کہ ہوا کیا؟

ممتاز: ہوا کچھ بھی نہیں ابا۔ میں نے اپنے تاریخ کے ماسٹر صاحب سے صرف اتنا کہا کہ ماسٹر صاحب تاریخ میں جھانسی کا ذکر تو بہت ہے لیکن جھانسہ کا کہیں ذکر نہیں۔ بس اتنا سننا تھا کہ اُس کے تلوؤں لگی اور سر تک پہنچی۔ ممتاز یہ کہہ ہی رہا تھا کہ چچا جان پہنچ گئے اور فرمایا۔

چچا جان: کیا بات ہوئی بیٹے، تھارے منہ سے اب پھول جھڑنے لگے ہیں۔

ابا: جی ہاں! جب ہی تو سارے چمن اجڑ گئے ہیں۔ ممتاز آگے بتلاؤ۔

چچا جان: ہاں ممتاز! ہم بھی تو سنیں کہ تھارے تاریخ کے ماسٹر صاحب کے تن بدن میں جو آگ لگی وہ بجھی کیسے؟

ممتاز: چچا جان! آپ ہمارے تاریخ کے ماسٹر صاحب کو نگو نہ بتائیے وہ اتنا اچھا پڑھاتے ہیں کہ ایسا معلوم ہونے لگتا ہے جیسے دادی جان کہانیاں سنا رہی ہیں۔ بس ان کی ایک بات ذرا کھلتی ہے۔ غصّہ ہمیشہ ان کی ناک پر رہتا ہے۔

ابا: ممتاز تم ہوش میں ہو یا نہیں۔ میں پوچھ رہا ہوں کہ تم نے اُن سے بحث کیوں کی؟

ممتاز: ابا میری تو اُن سے صرف دو منٹ بات ہوئی اور اتنی ہی دیر میں اُن کے مزاج کا پارا چڑھ گیا۔

ابا: پھر محاورہ۔ تم یہ محاورے پر محاورے کیوں بولے جا رہے ہو؟

چچا جان: بھائی صاحب! آپ بھی غضب ڈھاتے ہیں۔ ممتاز بتا تو رہا ہے کہ ماسٹر جی اس سے خواہ مخواہ ناراض ہی لگتے۔ ممکن ہے وہ پہلے سے ہی خار کھائے بیٹھے ہوں۔

ابا: لو ایک اور محاورہ! اگر یہی حال رہا تو پتا نہیں اس گھر میں مطلب کی بھی کوئی بات

ہو سکے گی یا نہیں ۔

چچا جان: بھائی صاحب! آج کل تو مدرسوں میں آوے کا آوا بگڑا ہوا ہے ۔ ایک ماسٹر نے جا کر ہیڈ ماسٹر کے کان بھر دیے ۔ ہیڈ ماسٹر نے نوٹ لکھ مارا۔

ابا: اچھا، کل سے ممتاز تم روز ایک گھنٹہ مجھ سے پڑھا کرو ۔ تم اپنے چچا جان کے پاس بیٹھ بیٹھ کر بہت محاورے سیکھ گئے ہو ۔ مجھے ڈر ہے کہیں تم اسکول میں پٹ نہ جاؤ۔

ممتاز: چچا جان میں نہ کہتا تھا کہ آپ کسی دن میری درگت بنوا دیں گے ۔ چلیے قصہ پاک ہو کل سے میری بیٹھک ابا جان کے کمرے میں ہو گی ۔

○■○

کرکٹ میچ

☆ سلام بن رزاق

ایک دن انسپکٹر صاحب اسکول کا معائنہ کرنے اچانک آدھمکے۔ حساب کا گھنٹہ تھا۔

’’ذرا بتائیے تو آپ کی جماعت میں تین سب سے ذہین لڑکے کون ہیں؟ میں حساب میں ان کا امتحان لوں گا‘‘ انھوں نے کلاس ٹیچر سے کہا۔

ایک لڑکا دھیرے سے اٹھ کر بورڈ کے پاس جا پہنچا۔ انسپکٹر نے جو سوال پوچھا تھا اس نے جھٹ پٹ اسے بورڈ پر حل کر ڈالا اور واپس اپنی سیٹ پر بیٹھ گیا۔ پھر دوسرا لڑکا اٹھا، انسپکٹر نے جو سوال دیا اسے بورڈ پر حل کیا اور واپس اپنی سیٹ پر چلا گیا۔ تیسری بار جو لڑکا اٹھا وہ ذرا جھجکتا ہوا بورڈ کے پاس پہنچا۔ وہ کھڑیا اٹھا کر بورڈ پر لکھا ہوا سوال حل کرنے جا رہا تھا کہ انسپکٹر صاحب پہچان گئے۔ یہ تو وہی لڑکا ہے جس کا انھوں نے سب سے پہلے امتحان لیا تھا۔

’’کیوں! یہ کیا تماشا ہے؟‘‘ وہ لڑکے پر برس پڑے۔ ’’تم مجھے بے وقوف بنانے کی کوشش کر رہے ہو؟‘‘

لڑکا ذرا جھینپا، کچھ مسکرایا اور بولا،''معاف کیجیے سر، میں ایک اور لڑکے کی جگہ حاضر ہوا ہوں''۔

''ایک اور لڑکے کی جگہ؟ کیا مطلب؟ ایک لڑکا دوسرے لڑکے کے بدلے امتحان دے، ایسی شرمناک بات میں نے آج تک نہیں دیکھی''۔ انسپکٹر صاحب گرج کر بولے۔

لڑکا مجرموں کی طرح گردن جھکائے کھڑا تھا۔ ساری کلاس سانس روکے انتظار کر رہی تھی کہ نہ جانے انسپکٹر صاحب کیا کہیں گے۔

''تو تم کس کی جگہ آئے ہو؟'' انسپکٹر صاحب نے لڑکے سے پوچھا۔

اپنے ایک دوست کی جگہ! وہ کرکٹ کا میچ دیکھنے گیا ہے......''

اتنا سننا تھا کہ انسپکٹر، ٹیچر کی طرف مڑ کر بولے،''آپ، مسٹر! آپ نے یہ چیز کیسے ہونے دی۔ آپ جانتے ہیں یہ صاحبزادے اس سے پہلے بھی سوال حل کر چکے تھے۔ اس کے بعد بھی آپ چپ چاپ کھڑے دیکھتے رہے کہ کس طرح مجھے بے وقوف بنایا جا رہا ہے''۔

ٹیچر نے کچھ جھجکتے ہوئے صفائی دینے کی کوشش کی،''معاف کیجیے جناب، میں طلبا میں سے کسی کو نہیں پہچانتا''۔

''یہ کیسے ہو سکتا ہے!؟''

''میں اس جماعت کا ٹیچر نہیں ہوں''۔

''تو پھر آپ یہاں کیوں کھڑے ہیں؟''

''میں ایک دوسرے ٹیچر کے بدلے یہاں آیا ہوں، وہ آج کرکٹ میچ دیکھنے گئے ہیں''۔

اس بار انسپکٹر صاحب کے ہونٹوں پر ہلکی سی مسکراہٹ پھیل گئی۔ لمحہ بھر چپ رہے پھر جیسے

کچھ نہ ہوا ہو اس طرح سر جھٹک کر بولے۔

"شکر ادا کیجیے کہ اپنے دوست انسپکٹر چوگھلے کی جگہ آج میں معائنہ کرنے آیا ہوں۔ وہ بھی میچ دیکھنے گئے ہیں۔ اگر وہ آئے ہوتے تو آج آپ دونوں اتنے سستے میں نہ چھوٹتے۔"

○■○

پہلا آدمی

☆ انور قمر

رات آہستہ آہستہ دم توڑ رہی تھی۔ خیمے کی گہری اور خاموش تاریکی میں پیٹرومیکسی لیمپ کا شعلہ بار بار لرز اٹھتا تھا۔ سرد ہواؤں کی سنسناہٹ ہماری ریڑھ کی ہڈیوں میں محسوس ہوتی تھی۔ جذبات بجھ چکے تھے اور ہمتیں جواب دے رہی تھیں۔ میری آنکھوں میں اپنے آٹھ ساتھیوں کی ہول ناک موت کا نقشہ بار بار کھنچ جاتا تھا جو اس مہم میں شریک تھے۔ تین مہینے پہلے ہم ہمالیہ کی سب سے خطرناک چوٹی K3 (جس کی اونچائی چھبیس ہزار فٹ ہے) کو سر کرنے چلے تھے اور آج صرف کیپٹن جعفری، جاوید اور میں کل سولہ آدمیوں میں بچ رہے ہیں۔

بائیس ہزار فٹ کی بلندی پر اچانک موسم خراب ہو گیا تھا اس لیے ہم نے وہیں پڑاؤ ڈال دیے تھے۔ یہ خیمے میں گزارے جانے والی تیسری رات تھی۔ کوئی صورت ایسی نظر نہ آتی تھی کہ ہم چڑھائی شروع کریں۔ کیپٹن جعفری نے سگار کی راکھ جھاڑتے ہوئے کہا، ''کل ہم لوٹ جائیں گے۔''

یہ سنتے ہی جاوید بھڑکا، "یہ ہرگز نہیں ہوسکتا۔ میں چوٹی سر کروں گا یا اپنی جان دوں گا۔"

کیپٹن جعفری نے اپنے ہونٹ سختی سے بھینچ لیے اور بولے، "برف گر رہی ہے۔ کسی وقت بھی طوفان آسکتا ہے۔ یہ خطرہ ہم ہرگز مول نہیں لے سکتے۔ ہمیں لوٹنا ہی پڑے گا۔"

جاوید اپنی جگہ سے جعفری صاحب کے قریب جاتا ہوا بولا، "ہم آپ کی طرح آٹھویں بار یہاں سے ناکام نہیں لوٹ سکتے۔ کوئی میرا ساتھ دے یا نہ دے میں تو اوپر ہی جا کر ہی دم لوں گا۔"

جعفری صاحب بگڑ کر بولے، "میں تمھارا لیڈر ہوں۔ میں تمھیں میری بات مانتی ہی پڑے گی۔ تم اوپر ہرگز نہیں جا سکتے۔"

جاوید دانت پیستا ہوا بولا، "کیوں نہیں جا سکتے؟ صرف اس لیے نا کہ آپ کے بوڑھے ہاتھ پیر جواب دے چکے ہیں اور ہمت پست ہوگئی ہے۔ آپ یہی چاہتے ہیں کہ کوئی دوسرا بھی چوٹی سر نہ کرے لیکن میں آپ کے کہنے میں نہیں آؤں گا۔"

کیپٹن جعفری ایک سیدھے سادھے صاف گو، نڈر اور زندہ دل انسان تھے۔ اُنھوں نے زندگی کے حادثات کو بہت قریب سے دیکھا تھا۔ پہاڑوں کی چڑھائی کا اُنھیں بڑا بھاری تجربہ تھا۔ جاوید کی باتیں سن کر اُنھیں بڑا دکھ پہنچا اس لیے وہ چپ چاپ لیمپ بجھا کر بستر پر لیٹ گئے۔ مجھے جعفری صاحب کی رائے سے اتفاق تھا۔ اور ان حالات میں اوپر چڑھنا موت کو دعوت دینا تھا۔ برف گر رہی تھی۔ ہوا کے بہاؤ میں ہر لمحہ تیزی و تندی آتی جا رہی تھی۔ خوراک بھی ہمارے پاس اتنی نہ بچی تھی کہ دو چار روز یہیں رُک کر موسم کی تبدیلی کا انتظار کیا جاتا۔ بس ایک ہی حل تھا واپسی یا موت۔

پو پھٹتے ہی ہم اُٹھ بیٹھے۔ رات زبردست برف باری ہوئی۔ خیمے کی چھت برف کے وزن

سے دب گئی تھی۔ میں اپنے بدن میں کچھ حرارت محسوس کر رہا تھا۔ کھانسی رات بھر تنگ کرتی رہی اور سر بھی بھاری ہو گیا تھا۔

اتنے میں جعفری صاحب کی آنکھ کھل گئی۔ اُنھوں نے چھوٹتے ہی پوچھا، ''جاوید کہاں ہے؟'' تب کہیں جا کر مجھے جاوید کی غیر حاضری کا احساس ہوا۔ اُس کی برف کاٹنے کی کلھاڑی، نو کیلے جوتے، آکسیجن بیگ اور نائیلون کی رسّی بھی غائب تھی۔

ہم سمجھ گئے کہ وہ اکیلا ہی اوپر جا چکا ہے۔ دوڑتے ہوئے ہم خیمے سے باہر آئے۔ سورج کا ہلکا اُجالا بہت نیچے پھیل چکا تھا۔ مشرق میں اب بھی لالی پھیلی ہوئی تھی۔ ہوا قدرے ہلکی تھی۔ ہمیں خیمے کے باہر ہی جاوید کے جوتوں کے نشان نظر آئے جو ذرا فاصلے پر غائب ہو چکے تھے۔ وہیں سے K3 کی سیدھی چڑھائی شروع ہوتی تھی۔ میں نے اوپر دیکھا تقریباً سو فٹ کی بلندی پر ایک رسّی لٹکی ہوئی تھی اور جاوید دوسری طرف لٹک رہا تھا۔ جعفری صاحب بڑبڑائے، ''بہت جلد باز نکلا۔ میں اوپر جاتا ہوں تم یہیں ٹھہرو۔'' یہ کہہ کر وہ بجلی کی سی تیزی سے اپنا ضروری سامان خیمے سے سمیٹ لائے۔ دوسرے لمحے وہ اوپر روانہ ہو چکے تھے۔

چوٹی بلکل سیدھی تھی۔ جس کی چمک دار وچکنی سطح پر چڑھائی بہت دشوار تھی۔ بار بار جعفری صاحب کے پیر پھسل رہے تھے لیکن وہ ایک بندر کی طرح اوپر کو اُٹھتے چلے گئے۔ اب جاوید مجھے نظر نہیں آ رہا تھا۔ کیوں کہ چوٹی میں گھماؤ آ گیا تھا۔ وہ شاید دوسری طرف مڑ چکا تھا۔ میں نے جلدی سے چٹان کی دوسری کٹائی میں اپنے قدم جمائے اور اوپر دیکھا۔ میری رگوں میں خون جمتا ہوا محسوس ہوا۔ وہ منظر ہی کچھ ایسا تھا۔ جاوید صرف پنجوں کے سہارے اپنی کلھاڑی کا دستہ پکڑے لٹک رہا تھا اور اس کے پیروں کے نیچے سے برف آہستہ آہستہ کھسک رہی ہے۔

میں نے چیخ کرکہا،''جعفری صاحب! وہ....وہ....خطرے...میں ہے۔'' پھر میرے حلق
سے آواز نہ نکل سکی۔ صرف ایک بار اُنھوں نے مجھے پلٹ کر دیکھا اور تیزی سے اوپر چڑھنے کی
جدو جہد کرنے لگے۔ میں نے اُن کی آنکھوں میں ایک عجیب سی چمک دیکھی۔ ایسی چمک جو
کسی سپاہی کی آنکھوں میں اپنے ساتھی کا خون دیکھنے کے بعد پیدا ہوتی ہے۔ میں نے اپنے
ہاتھ بلند کیے اور خدا سے دونوں کی سلامتی کی دعا کی۔ پھر ڈرتے جھجکتے اوپر دیکھا۔ جعفری صاحب
، جاوید کے قریب پہنچ چکے تھے۔ اُن دونوں کے درمیان اب صرف دو گز کا فاصلہ باقی رہ گیا
تھا۔ بڑی مشکل سے رسی پر جھولتے ہوئے انھوں نے اپنا ہاتھ آگے بڑھایا اور اپنی کلہاڑی جاوید
کے بائیس ہاتھ کے بلکل پاس ہی گاڑھ دی اور بولے ''بیٹا اسے تھام....''ابھی اُن کا جملہ پورا
بھی نہ ہو پایا تھا کہ اُن کے پیروں کے نیچے سے برف کا ایک بڑا ٹکڑا کھسکا اور وہ بائیس ہزار فٹ
گہرے خلا میں ڈوب گئے۔

میرے منہ سے ایک بھیانک چیخ نکلی۔ جاوید نے اپنی آنکھیں بھینچ لیں اور جب اُس نے
آنکھیں کھولیں تو اُن میں سے دو آنسو کے موٹے قطرے اس کے رخساروں پر ڈھلک آئے۔
ساتھ ہی ان آنکھوں میں وہی چمک آگئی جو جعفری صاحب کی آنکھوں میں ابھی کچھ دیر پہلے
پیدا ہوئی تھی۔

وہ بڑبڑایا،''میرے کیپٹن! مجھے معاف کرنا۔'' ایک نظر اُس نے اُسی گہرے خلا پر ڈالی اور
جعفری صاحب کی کلہاڑی لیے بڑی تیزی سے اوپر روانہ ہوگیا۔ وہ بڑی تیزی سے اوپر اُٹھ
رہا تھا۔ شاید اُسے اب خدا ہی روک سکتا تھا۔ اس کا عزم جاگ چکا تھا۔ اپنے لیڈر کی موت نے
اُس کے لرزتے ہوئے جذبات میں ایک نئی روح پھونک دی تھی۔ یہی وہ مقام ہے جہاں

صدیوں کی غلامی کو پھونکا جاسکتا ہے، یہی وہ مقام ہے جہاں عظیم الشان قوتوں سے ٹکر لی جاسکتی ہے اور یہی وہ مقام ہے جہاں عشق ہو جاتا ہے۔ اپنے ارادے سے وہ بڑھتار ہا اور بڑھتا ہی چلا گیا۔

پھر مجھے کچھ نہیں معلوم۔ میری آنکھوں میں ہمالیہ کی برفان چوٹیاں گھوم گئیں تھیں۔ شاید گھنٹے بیگ گئے۔ مجھے تو جب ہوش آیا، جاوید جھنجھوڑ جھنجھوڑ کر مجھے جگا رہا تھا۔

میں بے خیالی میں بولا، "چوٹی سر کر آئے؟"

اُس نے مایوسی سے گردن گھمالی اور پُرنم آنکھوں سے اُسی گہرے خلا کو دیکھنے لگا۔

میں نے اُسے گلے لگا لیا۔ وہ بلک بلک کر رونے لگا بالکل اس معصوم بچے کی طرح جسے اپنی غلطی کا احساس ہو جاتا ہے اور وہ اپنے ہمدرد کے سامنے نادم ہو کر رون لگتا ہے۔

پھر ہم دونوں لوٹ پڑے۔ دلوں پر اپنے پیارے ساتھیوں اور اپنے عظیم لیڈر کی موت کا بھاری غم لیے، تھکے قدموں سے نا کام امیدوں سے، بلندی سے پستی کو لوٹے۔

دوسرے سال پھر ایک مہم K3 کی سر کو بی کو روانہ ہوئی۔ اُس کے ممبر جب چوٹی کے آخری سرے پر پہنچے تو اُنھیں یہ دیکھ کر بڑی مایوسی ہوئی کہ اُن سے پہلے ہی کوئی K3 کو فتح کر چکا تھا۔ جس کی کلہاڑی دستے تک وہاں دھنسی ہوئی تھی اور اُس کے چمک دار پھل پر ایم اے جعفری کا نام کندہ تھا۔

○■○

بھکاری

☆ حسن کمال

ہلال اور بانو... یہ دو نام میری زندگی میں دو ستارے ہیں۔ زندگی کا اندھیرا جتنا بڑھتا ہے اتنی ہی ان ستاروں کی چمک بھی بڑھ جاتی ہے۔ ایک آدمی کے چاروں طرف بہت سے آدمی رہتے ہیں۔ مگر ان سب سے کوئی آدمی ایک جیسی محبت تو نہیں کر سکتا، کسی کو کسی سے کم چاہتا ہے کسی کو زیادہ۔ تو یہی حال میرا بھی ہے۔ میرے چاروں طرف بہت سے لوگ ہیں۔ میری امّاں ہیں جنھیں میں آپا کہتا ہوں۔ میری دو بہنیں ہیں، میرے بڑے بھائی ہیں اور پھر میری زندگی کا بہت اہم حصّہ یعنی ان گنت دوست ہیں۔ اب اگر میں کہوں کہ میں ان سب کو ایک جیسی شدّت سے چاہتا ہوں تو یہ بات جھوٹ ہوگی نا، مگر یہ سچ ہے کہ ان دونوں کو بے پناہ چاہتا ہوں۔

بچو! تم سوچ رہے ہوگے کہ یہ دونوں آخر ہیں کون؟ آؤ میں تمھیں ان سے ملا دوں۔ ان سے ملو۔ یہ آٹھ سال کے گورے چٹے صاحبزادے جن کی آنکھیں کسی نئی شرارت کے خیال سے چمک رہی ہیں۔ یہ ہیں ماسٹر ہلال فرید یعنی میرے بھانجے۔

ہیں تو آپ تو آٹھ سال کے مگر جب پلنگ پر لیٹ کر گھٹنے جوڑ کر آسمان کی طرف کر لیتے ہیں اور پھر ایک لمبی سانس لے کر اپنا دایاں پیر بائیں گھٹنے پر رکھ کر داداجان کی طرح فرماتے ہیں، ''بھئی یہ سب کیا ہو رہا ہے؟'' تب آپ کو ہرگز یقین نہیں آئے گا کہ ان کی عمر صرف آٹھ سال ہے، بلکہ شاید آپ یہ بھی سوچیں کہ کہیں یہ آٹھ کے دائیں طرف کا صفر شرارت میں کھو تو نہیں آئیں ہیں ۔

ویسے آپ کافی خوش مزاج ہیں مگر یہ نہیں کہ آپ کو غصّہ آتا ہی نہ ہو ۔ تاؤ آجاتا ہے تو پھر مجھے ماموں جان نہیں کہتے کالے ماموں کہہ کر پکارتے ہیں ۔ گویا اس طرح وہ میری جی بھر کر مرمت کر دیتے ہیں ۔ آپ کا دولت خانہ فلحال علی گڑھ ہے ۔ ویسے کبھی کبھی لکھنؤ کو بھی نوازتے ہیں ۔

اور اب ان سے ملیے تین ساڑھے تین سال کی جو مٹھی سمٹی شرماتی لجاتی اور خوبصورت سی شاہزادی دکھائی دیتی ہیں یہ ہیں میری بھانجی ۔ میں انھیں صوفیہ نشاط کہتا ہوں ۔ ان کی اماّں انھیں کچھ اور کہتی ہیں ۔ ان کے ابّا انھیں خدا جانے کیا کہتے ہیں مگر ہم اب آپسی تکرار سے بچنے کے لیے انھیں مل جل کر بانو کہنا شروع کر دیا ہے ۔ آپ ابھی شارٹ ہینڈ میں بات کرتی ہیں ۔ یا تو پوری بات کہہ نہیں پاتیں، یا کانگریس کے صدر کا مزاج کی طرح زیادہ بات چیت کے خلاف معلوم ہوتی ہیں ۔ اس لیے اکثر آپ کو ان کی باتیں سن کر یہ خیال آئے گا کہ جیسے وہ زبان ہے جو پیسے بچانے کے لیے ٹیلی گرام میں لکھی جاتی ہے ۔ آپ کا قیام مستقل لکھنؤ میں ہے ۔

اچھا تو اب تم لوگ مل لیے نا ان سے! اب میری کہانی سنو ۔ میں بمبئی میں ہوں ۔ عرصہ چھ ماہ کا ہوا کہ میں اپنے ان دونوں پیاروں سے نہیں مل پایا ۔ اس لیے میں نے سوچا کہ لکھنؤ کا ایک چکر لگا لیا جائے ۔ اس کے ساتھ ہی یہ خیال آیا کہ میں ہلال اور بانو کے لیے یہاں سے کوئی چیز

لیتا چلوں اس خیال سے میں بازار کے لیے نکل کھڑا ہوا اور یہیں سے میری پریشانی شروع ہوتی ہے۔

میں ایک دوکان پر جا کھڑا ہوا سوچ رہا تھا کہ ہلال اور بانو کو کیا چیز دوں؟ یہ سوچتے سوچتے مجھے خیال آیا ہلال اور بانو اور ان کے جیسے بچوں کو کیا دے سکتا ہوں؟ پھر کیا دے سکتا ہوں کا فقرہ اتنا لمبا چوڑا ہو گیا کہ جیسے سارے آسمان اور زمین پر یہی ایک جملہ لکھا ہو" کیا دے سکتا ہوں؟"

دیکھنا! میرے بزرگوں نے مجھے بہت کچھ دیا۔ تہذیب، تمدن، نیک بننے کی ہدایت اپنی اور دوسروں کی عزت کرنے کا سبق۔ میرے والد مرحوم نے مجھے اتنی بڑی دولت دی کہ میں سات بار جنم لے کر بھی ان کا احسان نہیں چکا سکتا۔ انھوں نے مجھے یہ دولت دی کہ جب نیند آئے تو یہ مت دیکھو کہ بدن کے نیچے نرم گرم بستر ہے یا پتھر کا فرش۔ بس سو جاؤ۔ جب بھوک لگے تو مت دیکھو کہ سامنے مرغن غذائیں ہیں یا دال روٹی، بس کھالو۔ یہ دولت اتنی بڑی تھی کہ آج تک کسی ماحول میں کسی شہر میں کسی گھر میں تکلیف کا احساس نہیں ہوا مگر میں اور میری عمر کے سارے لوگ اپنے چھوٹوں کو کیا دیں گے کیا دے سکتے ہیں؟

ہمارے پاس ہے ہی کیا۔ یہ بھی سن لو، نفرت، ایک دوسرے سے بے پناہ نفرت، بیزاری ہر ایک سے۔ یہاں تک کہ اپنے سے بیزاری حد ہر اک کی ترقی سے حسد ہم لوگ تو ایک دوسرے کی ہڈیوں پر گزارہ کر رہے ہیں۔ ایک دوسرے کو گرا کر ڈھکیل کر آگے بڑھنے کی کوشش کر رہے ہیں۔ ہم نے تو یہی کیا ہے کہ جن خوبصورت اصولوں اور نعروں کو لے کر چلے تھے۔ ان کا سودا کرتے پھرتے ہیں جن خوابوں کو اپنایا تھا، آج ان کو سرِ عام

نیلا کر رہے ہیں ۔ جب بھوک لگتی ہے ہوس کی بھوک ، تو دوسرے کے نوالے جھپٹ لیتے ہیں ۔ جب پیاس لگتی ہے تو شہرت کی پیاس ، تو اپنے اصول آدرش اور اپنے خوابوں کا خون پی جاتے ہیں ۔ ایک ایک پیسے کے لیے ایک دوسرے کا گلا تک کاٹ لیتے ہیں ۔ انعاموں ، خطابوں اور دولت کے لیے ایسی ذلیل حرکتیں کرتے ہیں کہ توبہ بھی ۔ اب تم ہی بتاؤ میں تمہیں کیا دوں ۔ اپنے ہلال اور بانو کو کیا دوں؟ یہ نفرت ، یہ حسد ، یہ سازشیں ، یہ دولت کی ہوس ، یہ غربت ، یہ بھوک ، یہ کمینہ پن ۔۔۔۔۔ ارے نہیں یہ تو تمہارے ساتھ دشمنی ہو گی ۔

بس میں دوکان پر کھڑا ہوا یہی سوچا ہوں میں نے سوچا ہلال اور بانو کو تم سب کو ایک دعا دوں کہ خدا کرے تم ہی سب سے بہتر بنو ۔ تیسری دنیا کے اشرف انسان بنو ۔ وہ سب بنو جو ہم نہ بن سکے ۔ مگر پھر سوچا کہ دعا دوں گا تو ہلال فرمائیں گے ، ''واہ بس دعا'' اور بانو اپنی تاری کی زبان میں کہے گی ، ''دعا نہیں'' تم سب کہو گے کہ واہ صاحب خوب ٹرخایا آپ نے ۔''

میں آج بھی اس دوکان پر کھڑا ہوں ۔ اس انتظار میں کہ تم میں سے کوئی ادھر آنکلے یا میرا ہلال یا میری بانو آنکلے تو میں ان سے پوچھوں کہ ، ''میں تمہیں کیا دے سکتا ہوں ۔'' شاید تم سب ہی کو کوئی ایسی چیز دکھائی دے جائے کہ تم میری ساری برائیاں بھول کر کہو ، ''ہمیں یہ دیجیے ۔'' بچو! میں اس دوکان پر کھڑا ہوں کبھی روتا ہوں ، کبھی ہنستا ہوں ۔ آتے جاتے لوگ مجھے دیوانہ سمجھ کر کترا جاتے ہیں ۔

میں تو تمہارا بھکاری ہوں ۔ ہلال اور بانو کا بھکاری ۔ میں تم سب سے تمہاری معصومیت ، تمہاری پیاری پیاری باتوں ، تمہاری بھولی بھالی شرارتوں ، تمہاری آنکھوں کی بے گناہ چمک ،

ہلال کی بچپن نمابزرگی اور بانو کی ٹیلی گرام والی گفتگو کی بھیک مانگ رہا ہوں تا کہ پھر جی اٹھوں میں اپنے خوابوں کو حقیقت میں بدل سکوں ۔ بولو مجھے یہ بھیک دو گے ۔ نہیں مت کہنا ۔ میرا دل ٹوٹ جائے گا۔